Diogenes Taschenbuch 24301

Martin Suter

Allmen und die Dahlien

Roman

Diogenes

Die Erstausgabe
erschien 2013 im Diogenes Verlag

Für Toni

Veröffentlicht als Diogenes Taschenbuch, 2014

www.diogenes.ch
800/14/8/1
ISBN 978 3 257 24301 7

Erster Teil

1

Es war einer dieser Morgen, an denen er die Krawatte dreimal binden musste, bis die Längen stimmten.

Allmen hatte schlecht geschlafen. Er hatte sich von der langweiligen Eröffnungsfeier eines plüschigen Clubs abgesetzt und war mit ein paar anderen Abtrünnigen in der Goldenbar und anschließend im Blauen Heinrich hängengeblieben. Als er endlich im Bett lag, war er kurz nach dem Einschlafen durch eine nächtliche Skype-Konferenz von María Moreno mit Kolumbien wieder wach geworden.

Auch Carlos konferierte häufig mit seiner Familie in Guatemala, aber er tat dies immer diskret. Bei María dagegen klang es im hellhörigen Gärtnerhaus, als hätte sie das Zimmer voller kolumbianischer Partygäste.

Gleich nach dem erfolgreichen Abschluss des Falles »Rosa Diamant« wollte er María Moreno fest anstellen. Es schien ihm nur logisch. Geld war jetzt vorhanden, Allmen liebte Personal, und Carlos liebte María Moreno.

Aber er hatte wieder einmal nicht mit dessen Knauserigkeit gerechnet. Auch jetzt, wo Carlos' Bankguthaben das seines *patrón* bei weitem überstieg, drehte er jeden Rappen um. Er hatte sich geweigert, Allmens Angebot anzunehmen, ihn statt Teilzeit gegen Kost und Logis voll zu beschäftigen, und zwar mit einem guten Gehalt. Er zog es vor, halbtags als Gärtner und Hauswart bei K, C, L & D Treuhand weiterzuarbeiten, der Firma, die die Villa Schwarzacker gekauft und Allmen das Gärtnerhaus auf Lebzeiten überlassen hatte. *»Nunca se sabe«*, hatte er gesagt, man könne nie wissen. Allmen wusste sehr wohl, was gemeint war: Man könne nie wissen, wann Don John wieder pleite sein würde. Und wie sich bald herausstellte, war dieser Fall schon beinahe eingetroffen.

Auch die Festanstellung seiner María hatte er hintertrieben. Er riet ihr, weiterhin im Stundenlohn zu arbeiten und ihre übrige Kundschaft bei der Stange zu halten. *Nunca se sabe.*

Was ihre Wohnsituation anging, war Carlos weniger strikt. Der Einzug von María Moreno war in Etappen erfolgt. Zuerst waren es gelegentliche Damenbesuche bei Carlos, die Allmen als Mann von

Welt selbstverständlich tolerierte. Wenn auch ein wenig peinlich berührt, denn María Moreno war nicht nur bei ihren Videokonferenzen mit Kolumbien laut. Bald blieb sie das Wochenende über, was ihn nicht weiter störte, denn sie war ein erfreulicher Anblick. Auch als Carlos bei ihm vorsprach und auf seine umständliche Art erklärte, dass María vorübergehend ohne Wohnung sei, hatte er nichts dagegen einzuwenden gehabt, dass sie eine Zeitlang bei ihnen im Gärtnerhaus Unterschlupf fand. Und als sie Carlos eines Abends plötzlich im schwarzen Kleid mit weißem Schürzchen beim Servieren assistierte, wusste Allmen, dass er den Moment zum Eingreifen verpasst hatte. Von nun an beherbergte er zwei illegale Einwanderer. Nicht nur *»por mientras«*, also provisorisch, wie Carlos sagte.

Allmen zog seinen doppelten Windsorknoten fest und warf einen letzten Blick in den Vergrößerungsspiegel. Der Alaunstift, mit dem er das Blut des Rasierschnitts über dem rechten Mundwinkel gestillt hatte, hatte eine weiße Spur hinterlassen, die er jetzt mit einem angefeuchteten Waschlappen vorsichtig entfernte.

Er schlüpfte in sein Jackett und betrat das kleine, übermöblierte Wohnzimmer. Vor einem der sechs Art-déco-Stühle des Esstischs war für eine Person gedeckt. Es roch nach Kaffee und Toast. Noch ehe sich Allmen gesetzt hatte, kam María Moreno aus der Küche.

»*Muy buenos días*, Señor John.« María war eine unabhängige Frau und hatte sich von Carlos nicht dazu überreden lassen, Allmen mit dem altmodischen »Don John« anzureden.

»*Muy buenos días,* María«, antwortete er und setzte sich. Sie schenkte ihm Kaffee ein und ging zurück in die Küche, um sein Ei zuzubereiten.

María Moreno arbeitete nur an den Nachmittagen in anderen Privathaushalten. Vormittags stand sie im Gärtnerhaus für Haushaltsarbeiten und Einkäufe zur Verfügung. Das brachte ein paar entscheidende Verbesserungen von Allmens Lebensqualität mit sich. Zum Beispiel in der Frühstücksfrage.

Früher brachte ihm Carlos um sieben einen *early morning tea* ans Bett und ging dann seiner Tätigkeit nach. Allmen, der kein Frühaufsteher war, begab sich zwischen zehn und elf zu einem späten Frühstück ins Viennois. Das tat er zwar nach Möglichkeit noch immer, aber die Gründung von Allmen International Inquiries *(»The Art of Tracing Art«)* zwang ihn bisweilen zu einem etwas geregelteren Tagesablauf. Es kam vor, dass er auch vormittags Termine wahrnehmen musste und für das Frühstück auf María Morenos Hilfe angewiesen war. Nicht, dass er damit nicht allein zurechtgekommen wäre, aber Selbstzubereitetes schmeckte Allmen nicht.

Heute war ein solcher Tag, an dem er fürs Viennois keine Zeit hatte. Er war bereits auf zehn Uhr fünfzehn zu einem Termin bestellt.

Am Vortag hatte eine Frau Talfeld angerufen und um einen Termin mit »Herrn von Allmen persönlich« gebeten. »Dringend«, hatte sie hinzugefügt, am liebsten gleich am nächsten Vormittag.

María Morenos Anwesenheit hatte einen weiteren Vorteil: Sie sprach neben Spanisch auch recht gut Deutsch und Englisch und war eine begabte Telefonistin und lernfähige Vorzimmerdame. Sie bat Frau Talfeld um Geduld, tat, als würde sie Allmens Agenda konsultieren und zu ihrer eigenen Überraschung auf eine Lücke am nächsten Morgen stoßen. Man verabredete sich auf zehn Uhr fünfzehn im Schlosshotel. Allmen solle an der Rezeption nach Frau Talfeld fragen.

María brachte ihm ein Spiegelei, denn es war Donnerstag. Allmen aß an jedem Morgen, an dem er zu Hause frühstückte, ein Ei, jedes Mal in einer anderen Zubereitung. Der Einfachheit halber hatte er den Wochentagen ihr Ei zugeteilt: dem Montag sein Rührei, dem Dienstag sein Ei im Glas, dem Mittwoch sein pochiertes Ei auf Toast, dem Donnerstag sein Spiegelei, dem Freitag sein weiches Ei, dem Samstag sein Kräuteromelett und dem Sonntag seine *huevos rancheros*. Letztere waren zwei am Schluss kurz gewendete Spiegeleier mit einer pikanten Tomatensauce. Eine guatemaltekische Spezialität, in der es Carlos zur Meisterschaft gebracht hatte, weshalb Allmen sie dem Sonntag zugeteilt hatte.

Allmen aß sein Ei und blätterte mit der Linken in der Zeitung. Nichts, was ihn auch nur im Geringsten interessierte. Auch das ein Zeichen dafür, dass es kein guter Tag war. Er schob Zeitung und Teller beiseite, schenkte sich Kaffee nach und sah über die dichtgedrängte Sitzgruppe hinweg durch das Fenster in den Park.

Es war ein stürmischer Apriltag. Der Wind streute die weißen Blütenblätter der Magnolien in den frischgemähten Rasen. Noch am Vortag war das Thermometer auf über zwanzig Grad gestiegen, und Allmen konnte zum ersten Mal einen der Anzüge ausführen, die er sich für diesen Sommer von seinem römischen Schneider hatte anfertigen lassen. Jetzt trug er schon wieder einen seiner englischen Kaschmiranzüge für die Übergangszeit.

Er hörte die Klingel und den kurzen Dialog durch die Gegensprechanlage von María Moreno mit Herrn Arnold, seinem Lieblingstaxifahrer mit dem achtundsiebziger Cadillac Fleetwood. Er hätte jetzt aufstehen und seinen Mantel holen können, aber er zog es vor, die Form zu wahren und zu warten, bis María das Zimmer betrat und sagte: »*Su carro,* Señor John.« Ihr Wagen.

Allmen wischte sich den Mund, erhob sich vom Stuhl und knüpfte das Jackett zu. »*Muchas gracias,* María.«

»*Buen provecho*«, antwortete sie, folgte ihm in die kleine Diele und wartete, bis er seine Erscheinung ein letztes Mal im Garderobenspiegel überprüft hatte. Dann half sie ihm in den Mantel.

Am Gartenweg entlang wuchsen Primeln und Schlüsselblümchen. Er führte durch den nützlicheren Teil des parkähnlichen Gartens zum repräsentativen und an einem exakt geschnittenen Buchs zu der Stelle, wo der schmale Weg in den breiteren mündete, der die verzierte Eingangstür der Villa mit dem schmiedeeisernen Tor verband.

Vor dem Haus stand der gepflegte Fleetwood. Herr Arnold wartete neben der rechten hinteren Tür.

Als Allmen sich auf die weinrote Sitzbank sinken ließ, fühlte er sich etwas besser. Es roch nach Lederöl und Holzpolitur, und Herr Arnold fuhr schweigsam und umsichtig durch die Dreißigkilometerzonen des Villenviertels hinunter in die Stadt und am Seeufer entlang bis zum Schlosshotel.

2

Das Haus hatte einst zu den ersten der Stadt gehört, aber man hatte während all der Jahre nichts für die Anpassung an die Standards seiner Kategorie getan, so dass es seinen fünften Stern verloren hatte. Auf die Preispolitik hatte dieser Rückschlag keine Auswirkungen, das Schlosshotel blieb in der höchsten Preisklasse. Dadurch war es bald für Viersternegäste zu teuer und für Fünfsternegäste zu verstaubt. Und die alten, treuen Stammgäste starben dem Hotel langsam weg.

Ein *doorman* in taubengrauer Uniform öffnete die Tür. »Willkommen im Schlosshotel.«

Allmen steckte Herrn Arnold ein Trinkgeld zu und bat ihn zu warten.

Seit Carlos, der sich auch um die Buchhaltung von Allmen International kümmerte, ihn darauf aufmerksam gemacht hatte, welche Summen durch diese Wartezeiten zusammenkamen, beglich Allmen dieses Detail seiner Lebensqualität lieber selbst.

Eine breite Marmortreppe wand sich um die Aufhängung eines Messingleuchters in die runde Eingangshalle hinunter. Rechts von der Drehtür befand sich das Pult des Concierge, ihm gegenüber das der Rezeption.

Zwei Rezeptionistinnen standen lächelnd hinter

dem Empfangstresen, beide gleich bereit, seine Frage zu beantworten. Allmen hasste diese Situation. Sie zwang ihn, sich gegen eine der beiden zu entscheiden. Weshalb konnten sich die Empfangsdamen dieser Welt nicht absprechen und jeweils deutlich signalisieren, wer in diesem Augenblick für den ankommenden Gast zuständig war?

Er entschied sich wie immer ritterlich für die weniger attraktive, nannte seinen Namen und fragte nach Frau Talfeld. Sie ging zum Telefon und wählte eine kurze Nummer.

Offenbar meldete sich sofort jemand, die Rezeptionistin sagte nur: »Herr von Allmen ist da«, und legte wieder auf.

»Sie möchten doch bitte in die Lobby gehen, Frau Talfeld wird gleich bei Ihnen sein.«

Die Lobby war ein großer behaglicher Raum mit Blick auf die Uferstraße. Die Gardinen und die Glasmalereien über den Fenstern ließen so wenig Tageslicht herein, dass bei den Sitzguppen, die nicht direkt an den Fenstern standen, die Tisch- und Ständerlampen brannten.

Allmen setzte sich in einen Polstersessel mit Blick auf den Eingang, schlug die Beine übereinander und wartete.

Es musste vor kurzem gelüftet worden sein, die abgestandene Luft war kühl. Am entferntesten Ende der Lobby befand sich eine Bar. Ein älterer Barmann war dort in die undurchschaubaren Verrichtungen vertieft, mit denen sich unbeschäftigte Barkeeper beschäftigen. Er bewegte Flaschen von einem Ort zum anderen, polierte saubere Gläser und wischte über die makellose Oberfläche des Tresens. Er ließ sich Zeit, bis er mit einem Silbertablett an Allmens Tisch kam und ihm ein Schälchen mit Mandeln und eines mit Chips und zwei Glasuntersätze brachte. Sein Smoking war etwas abgetragen, aber die Ärmel hatten die richtige Länge, und der Kragen stand trotz des etwas runden Rückens seines Trägers nicht vom Nacken ab.

Allmen bestellte einen Milchkaffee und sah von weitem zu, wie der Barmann sich hinter dem Tresen an einer kleinen Espressomaschine zu schaffen machte. Es stand zu befürchten, dass er sie eben erst eingeschaltet hatte.

Eine große Frau erschien am Eingang zur Lobby. Sie sah sich kurz um und steuerte auf seinen Tisch zu. Allmen war leicht zu erkennen, er war der einzige Gast.

Er erhob sich. Frau Talfelds schwarzes Haar war zu einer altmodischen Frisur getürmt, mit der sie ihn ein Stück überragte. Sie war hart geschminkt – schwarze Augenbrauen, breiter Lidstrich, dunkelrote Lippen, helles Make-up – und mochte etwas über fünfzig sein. Sie gab ihm ihre knochige, kräftige Hand und bat ihn, wieder Platz zu nehmen.

Allmen wartete, bis sie sich gesetzt hatte, nahm Platz und winkte den Barmann heran. Bis er ihren Tisch erreicht hatte, musterte sie ihn mit einem schmalen Lächeln und sagte: »Schön, dass Sie sich persönlich Zeit genommen haben.«

Der Barmann stellte den Milchkaffee vor Allmen hin. »Guten Morgen, Frau Talfeld. Was darf ich Ihnen bringen?«

»Nichts, danke, Bert. Wir bleiben nicht lange.«

Bert zog sich zurück.

Frau Talfeld schlug die Beine übereinander. »Stört es Sie, wenn ich rauche?«, fragte sie und nahm ein Zigarettenetui aus Schildpattimitat aus ihrer großen Handtasche.

»Wenn es das Hotel nicht stört.« Allmen zog ein Feuerzeug aus der Tasche und gab ihr Feuer. Sie nahm einen Zug und bot ihm eine Zigarette an.

»Danke, ich rauche nicht.«

»Und wozu das Feuerzeug?«, wunderte sie sich.

»Zum Feuergeben.«

»Ach so.«

Von der Bar her erklang jetzt leise Pianomusik, Bert hatte die Anlage eingeschaltet. Frau Talfeld konzentrierte sich auf den Gesprächseinstieg.

»Gibt es in Ihrer Branche so etwas wie ein Klientengeheimnis?«

»Selbstverständlich. Was Sie mir sagen, bleibt unter uns, und alle involvierten Mitarbeiter sind zu absoluter Geheimhaltung verpflichtet.«

»Und das geben Sie uns schriftlich?«

»Der Punkt ist natürlich Vertragsbestandteil.«

»Haben Sie einen dabei?«

Allmen nahm seine dünne Schweinsledermappe, die am Boden neben ihm am Sessel lehnte, zog den dreiseitigen Mustervertrag heraus und reichte ihn ihr.

Sie zog eine schwarze Hornbrille aus der Handtasche und begann zu lesen.

Allmen nahm einen Schluck Kaffee und sah seine Befürchtung bestätigt: Er schmeckte nach Kaffeemaschine.

Frau Talfeld las konzentriert. Die senkrechten Falten zwischen den Brauen vertieften sich und die von den Nasenflügeln zu den Mundwinkeln auch. Allmen studierte ihr strenges Gesicht und versuchte, es sich zwanzig Jahre jünger vorzustellen. Es geriet ihm etwas glatter, aber nicht viel entspannter.

Sie schien bemerkt zu haben, dass er sie beobachtete. Plötzlich hob sie den Blick und sah ihm in die Augen.

»Verzeihen Sie«, sah er sich gezwungen zu sagen.

Sie richtete ihren Blick wieder auf den Vertrag. Allmen versuchte, in eine andere Richtung zu blicken.

Als sie geendet hatte, gab sie ihm das Papier zurück. »Der Vertrag bezieht sich auf eine Honorarvereinbarung. Haben Sie die auch dabei?«

Allmen reichte sie ihr. Sie überflog sie und händigte sie ihm wieder aus. »Ich nehme an, das liegt im Rahmen des Branchenüblichen.«

»An dessen oberer Grenze.«

Frau Talfeld steckte ihre Brille zurück ins Etui, lehnte sich zurück und musterte ihn. »Wie sind Sie zu Ihrem seltsamen Beruf gekommen, Herr von Allmen? Liebe zum Geld, Liebe zur Kunst oder Liebe zur Gerechtigkeit?«

»Zur Kunst, Frau Talfeld. Die anderen beiden bedeuten mir wenig.«

Sie lachte kurz auf, dann sah sie ihn wieder prüfend an. Plötzlich griff sie nach ihrer Handtasche und erhob sich. »Ich werde Sie jetzt jemandem vorstellen.«

Allmen stand auf und winkte dem Barmann.

»Das geht in Ordnung, kommen Sie.«

3

In dem antiken Fahrstuhl wechselten sich Spiegel ab mit Vitrinen, in denen ein Juwelier, eine Parfümerie und ein Optiker ausstellten. Frau Talfeld steckte einen Schlüssel in ein Schloss über dem Knopf zum dritten Stockwerk. Der Lift setzte sich mit einem Ruck in Bewegung.

»Sagt Ihnen der Name Dalia Gutbauer etwas?«, fragte sie.

Der Name Gutbauer war Allmen natürlich ein Begriff. In seiner Kindheit stand er – mit einem stilisierten Sämann als Markenzeichen – auf jedem Kanaldeckel und Hydranten des Landes. Es war der Name eines Industrieunternehmens, das in den sechziger Jahren von dessen Hauptaktionär, Gustav Gutbauer, an einen multinationalen Maschinenkonzern verkauft worden war, welcher es aufgeteilt und sich einverleibt hatte. Gutbauer war kurz nach dem Verkauf gestorben, und das Erbe – es war die Rede von über einer halben Milliarde Schweizer Franken – ging an seine einzige Tochter, Dalia Gutbauer.

Diese hatte nach dem Krieg bis in die späten fünfziger Jahre ein aufsehenerregendes Gesellschaftsleben geführt und war von einem Tag auf den anderen aus den Klatschspalten und Gesellschaftsnachrichten verschwunden. Ein wenig wurde noch über ihren Aufenthaltsort spekuliert – Chile, Kenia, Singapur –, aber bald richtete sich das Interesse wieder auf die Anwesenden, und der Name Dalia Gutbauer wäre vollends vergessen worden, wenn er nicht alljährlich in den obersten Rängen der Liste der hundert Reichsten des Landes aufgetaucht wäre. Mit einem Fragezeichen anstelle eines Fotos.

Und jetzt tauchte er in diesem ruckelnden Aufzug auf.

Allmen hatte sich schon als Junge für die High Society interessiert. Das mysteriöse Untertauchen der legendären Dalia hatte ihn fasziniert, auch wenn es vor seiner Geburt geschah. Dass jemand freiwillig auf ein Leben verzichtete, wie er es immer hatte führen wollen, war ihm schleierhaft gewesen.

»Wenn ich mich richtig erinnere, war sie die untergetauchte Gutbauer-Erbin.«

»Falsch.« Der Aufzug stoppte brüsk. »Sie ist es noch immer.«

Die Lifttür glitt auf, und sie betraten eine Halle. Ein älterer Herr in einem Stresemann erwartete sie und bat sie, ihm zu folgen.

Er führte sie in einen Salon, der Allmen, dem Art-déco-Sammler, die Sprache verschlug.

»Madame Gutbauer wird gleich bei Ihnen sein«, sagte der Mann, »was darf ich Ihnen bringen?«

»Für mich einen Espresso, bitte, Monsieur Louis«, sagte Frau Talfeld. Und mit einem Lächeln zu Allmen gewandt: »Der Kaffee hier oben ist nicht zu vergleichen mit der Brühe unten in der Lobby.«

Allmen bestellte ein Perrier mit zwei Stück Eis und einem Schnitz Zitrone.

»Hat sie all die Jahre hier gelebt?«, fragte Allmen, während sie warteten.

Außer einem geheimnisvollen Lächeln erhielt er keine Antwort. Beide schwiegen, bis Monsieur Louis mit den Getränken zurückkam. Er schenkte Allmen ein und zog sich zurück.

Kurz darauf wurde die Tür geöffnet. Frau Talfeld sprang auf. Allmen erhob sich und knöpfte das Jackett zu.

Dalia Gutbauer betrat den Raum. Sie war eine sehr kleine Frau und stützte sich auf ein Gehgestell, das wohl eigens für ihre Körpergröße angefertigt worden war. Sie hob es bei jedem Schritt ruckartig an und ließ es geräuschvoll wieder fallen. Dicht hinter ihr folgte konzentriert eine weißgekleidete Pflegerin, die Hände etwas vorgestreckt, um ihren Schützling jederzeit auffangen zu können.

Die alte Frau beachtete Allmen erst, als die Pflegerin und Frau Talfeld ihr behutsam in den Polstersessel geholfen hatten. Als sie saß, sagte sie mit einer für eine so zerbrechliche alte Dame überraschend tiefen Stimme: »Sie haben wieder geraucht, Cheryl.«

»Ihr Näschen möchte ich haben, Frau Gutbauer«, antwortete Frau Talfeld in scherzhaftem Ton.

»Da braucht es keinen besonderen Geruchssinn. Sie stinken gegen den Wind.« Jetzt sah sie zu Allmen empor. »So setzen Sie sich doch, ich habe einen steifen Nacken.«

Allmen gehorchte, und sie musterten sich gegenseitig.

Dalia Gutbauer hatte einen dichten Wusch weißer Haare, der so frisiert war, dass er einen großen Teil des zerknitterten Gesichts verbarg. Sie trug eine geschwungene diamantenbesetzte Brille, die ihre tiefblauen Augen etwas vergrößerte. Die faltigen Lippen waren im Scharlachrot ihrer Nägel geschminkt. Sie sahen aus wie frisch aus dem Nagelstudio und bildeten einen scharfen Kontrast zu den gekrümmten, fleckigen Händen. Sie trug ein Chanel-Kostüm aus hellgrauem Tweed mit schwarzer Bordüre und eine schwarze Seidenbluse mit Schlingkragen.

»Sind Sie ein ehrlicher Mann?«, fragte sie.

»Nach Möglichkeit.«

»Kommt es oft vor, dass es nicht möglich ist?«

»Doch, schon. Berufsbedingt.«

Sie nickte verständnisvoll. »Aber wenn auch nicht immer ehrlich, so doch stets gesetzestreu?«

Allmens Intuition, auf die er ein wenig stolz war, gab ihm die folgende Antwort ein: »Stets. Es sei denn, es würde unserer Klientel zum Nachteil gereichen.«

Dalia Gutbauer wechselte einen Blick mit Frau Talfeld und wandte sich an die Pflegerin: »Ich rufe Sie dann, Schwester.«

Die Pflegerin verließ den Raum.

Frau Gutbauer richtete sich wieder an Allmen. Es schien ihm, als habe er die Prüfung bestanden. »Sagt Ihnen der Name Henri Fantin-Latour etwas?«

Allmen kannte ihn. Es war ein Maler, der mitten im Impressionismus realistische Blumenbilder und Porträts gemalt hatte, die heute auf dem Kunstmarkt hohe Preise erzielten. Vor allem die Blumenbilder waren zauberhaft. Wenn auch nicht ganz nach seinem Geschmack. Er nickte.

»Es handelt sich um ein Werk von ihm. Bitte, Cheryl.«

Frau Talfeld zog ein Mäppchen aus der Handtasche, entnahm diesem ein Foto und reichte es Allmen.

Es zeigte einen Strauß Dahlien in verschiedenen Rot- und Weißtönen in einer schlichten, weißen, taillierten Vase. Warmes Licht fiel auf ein paar davon, andere lagen im Schatten, dahinter waren im geheimnisvollen Dunkel weitere Blüten zu erahnen.

Das Bild kam Allmen bekannt vor. »Könnte es sein, dass ich es kenne?«

»Fantin-Latour hat viele Dahlien gemalt«, antwortete Dalia Gutbauer. »Aber das sind seine schönsten.«

Jetzt erst fiel Allmen das Detail mit dem Namen auf. Dalia, Dahlien. Er zog ein ledergebundenes Notizbuch mit Goldschnitt und den goldenen Initialen J. F. v. A. aus dem Jackett – er eröffnete für jeden Fall ein neues – und schrieb den Titel »Dahlien« hinein. »Und seit wann vermissen Sie das Bild?«

»Vermissen? Wie könnte ich es vermissen! Ich kann mir noch nicht einmal vorstellen, dass es weg ist. Es begleitet mich seit sechzig Jahren. Verstehen Sie?«

Allmen verstand. Er wandte sich an Frau Talfeld. »Seit wann ist das Bild verschwunden?«

Sie sah ihre Chefin an. Die hob die Schultern. »Erst gestern haben wir entdeckt, dass es fehlt. Es befand sich in einem Raum, der nicht täglich betreten wird.«

»Darf ich ihn sehen?«

Wieder konsultierte Frau Talfeld ihre Chefin mit einem Blick. Diese nickte. »Ich warte hier.«

Das Schlafzimmer, in das Allmen geführt wurde, war mit ausgesuchten Stücken aus dem amerikanischen Art déco eingerichtet. Allmen erkannte viele seiner Lieblinge wieder: Donald Deskey in dem Schlafzimmerset aus tropischem Furnier, schwarzem Lack und Messing; Kem Weber in den stromlinienförmigen Sesseln aus Leder und Chrom; Wolfgang Hoffmann in dem fast schwerelosen Schminktischchen aus spiegelndem Lack und schmalen Nickelbändern.

An den Wänden hingen vier Porträts derselben Frau. Eines sah nach Allmens Gefühl nach Niklaus Stoecklin aus. Eines hätte von Rudolf Schlichter stammen können, eines war unverkennbar ein Meredith Frampton, das vierte konnte er niemandem zuordnen.

»War sie nicht eine Schönheit?«

Allmen nickte, obwohl er sich für ein anderes Wort entschieden hätte. Schönheit war nicht das zutreffende. Nicht bei den Porträtisten, die sie gewählt hatte. Alle vier hatten dem Ausdruck mehr Bedeutung beigemessen als der Ähnlichkeit und das Hauptmerkmal auf Dalia Gutbauers blaue Augen gelegt. Man sah, dass sie eine sehr selbstbewusste und aparte Frau gewesen war. Aber schön? Schön waren vor allem die Werke.

»Madame Gutbauers Vater war ein großer Kunstfreund, und seine Tochter hat diese Leidenschaft von ihm geerbt«, erklärte Frau Talfeld.

Im Zimmer lag der Duft von Parfum und der

frischen Bettwäsche des akkurat aufgeschlagenen Bettes. Die Vorhänge – auch sie in einem geometrischen, schwarzweißen Art-déco-Muster – waren zugezogen, der Raum lag im Licht von fünf Bilderspots. Vier waren auf die Porträts gerichtet. Der fünfte erhellte eine leere Stelle an der Wand.

»Hier hingen die Dahlien«, sagte Frau Talfeld unnötigerweise.

»Aber wenn das Bild im Schlafzimmer war, weshalb wurde sein Fehlen nicht sofort bemerkt?«

»Madame Gutbauer schläft meistens in einem anderen Zimmer. Einem etwas zweckmäßigeren mit einem Krankenhausbett, Sie verstehen.«

»Aber das Personal? Hier wird doch bestimmt ab und zu gelüftet, abgestaubt, gesaugt.«

»Das Mädchen, das für dieses Zimmer zuständig ist, hat ihre kranke Mutter in Spanien besucht. Und ihre Vertretung war eine Temporärangestellte.«

Allmen sah sich die Stelle an der Wand an. Der Spot warf keinen Kegel, sondern ein scharf begrenztes Viereck, das sagte: »Hier fehlt ein Bild.«

»Das Bild wurde also während der Abwesenheit des Zimmermädchens und vor dem Arbeitsbeginn seiner Stellvertreterin gestohlen. Sonst wäre ihr das Fehlen des Bildes aufgefallen.«

»An dieser Stelle habe nie ein Bild gehangen, hat sie gesagt.«

»Wissen Sie, welche Zeitspanne das betrifft?«

»Laut Monsieur Louis, der auch für das Hauspersonal zuständig ist, war Carmen am Mittwoch, dem dritten April, morgens zum letzten Mal im Zimmer. Und gestern zum ersten Mal wieder. Am sechsten April sprang die Aushilfe ein.«

»Drei Tage.« Wieder glaubte Allmen, den Anflug eines spöttischen Lächelns um Frau Talfelds schmale Lippen zu entdecken. Als mache sie sich über seine Rechenkünste lustig.

»Falls die Temporärbeschäftigte die Wahrheit sagt. Sonst wären es sieben.«

»Weshalb sollte sie lügen?«

»Vielleicht, weil sie etwas mit dem Verschwinden des Bildes zu tun hat.«

Cheryl Talfeld zog es in Erwägung. Dann schüttelte sie den Kopf. »Zu dumm.«

Als sie zurückkamen, war Dalia Gutbauer eingenickt. Der Kopf war ihr auf die rechte Schulter gefallen, und ihr Mund stand offen. Frau Talfeld komplimentierte Allmen wieder hinaus. »Madame Gutbauer würde so nicht gesehen werden wollen«, flüsterte sie. Sie öffnete die Tür ein zweites Mal, diesmal mit einem lauten »So, da wären wir wieder«.

Über dem Polster ihres Sessels erschien jetzt ein Schopf weißer Haare. Als sie um die Rückenlehne herumgegangen waren, hatte sie ihre blauen Augen weit aufgerissen. »Und?«, fragte sie.

Allmen und Frau Talfeld setzten sich wieder auf ihre Plätze. Die Tassen waren weggeräumt, an ihrer Stelle stand etwas Blätterteiggebäck.

»Darf ich Ihnen ein paar Fragen stellen?«

Die alte Dame winkte ungeduldig ab. »Fragen Sie, fragen Sie.«

Allmen zückte wieder sein Notizbuch. »Die erste Frage, die wir routinemäßig stellen, lautet: Weshalb wenden Sie sich nicht an die Polizei?«

»Nächste Frage.«

Allmen sah sie überrascht an.

Cheryl Talfeld schüttelte fast unmerklich den Kopf, und Madame Gutbauer überwand sich: »Aber das fällt unter das Klientengeheimnis: Das Bild ist ... Man weiß nicht so genau, woher es stammt.«

»Raubkunst?« Allmen war etwas schockiert.

»Nicht im üblichen Sinn. Cheryl!«

Frau Talfeld übernahm: »Das Bild war ein Geschenk an Madame Gutbauer. Eine kleine Aufmerksamkeit eines Verehrers, wegen der Namensgleichheit, Dalia und Dahlien, Sie verstehen.«

Allmen verstand. »Und Sie vermuten, dass das Bild nicht ganz rechtmäßig erworben sein könnte?«

»Nun, jedenfalls überstieg es vermutlich die finanziellen Mittel des Schenkenden.«

Der alten Frau wurde das Drumherumgerede zu viel: »Das Bild war geklaut, basta. Nächste Frage.«

»Wie hoch schätzen Sie den Wert des Werks?«

»Für mich ist es unbezahlbar.« Sie sah Cheryl Talfeld an, die wieder ihr Dossier aus der Handtasche nahm und darin blätterte. »Im Jahr 2000 ging bei Christie's New York ein Blumenbild von Fantin-Latour für über dreieinhalb Millionen Dollar …«

»Kein Vergleich«, unterbrach Dalia Gutbauer verächtlich, »die Dahlien sind hundertmal schöner.«

»Es war ein bisschen größer als die Dahlien«, fuhr Frau Talfeld fort, »aber es ist auch eine ganze Weile her.«

»Kein Vergleich«, wiederholte Madame Gutbauer.

»Sie würden es also höher einschätzen?«, fragte Allmen.

Sie wollte antworten, besann sich aber anders und fragte: »Ihr Erfolgshonorar besteht aus einem Prozentsatz des Wertes, nicht wahr?«

»Zehn Prozent des fakturierten Aufwands oder des Wertes des Wiederbeschafften, je nachdem, was höher liegt.« Allmen waren Honorargespräche immer etwas peinlich. Aber Dalia Gutbauer offensichtlich nicht.

»Kommt es oft vor, dass Ihr Honorar höher ist als zehn Prozent des Wertes des Diebesguts?«, erkundigte sie sich lächelnd.

»Es gibt Fälle, in denen es um den immateriellen Wert geht. Und der liegt manchmal weit über dem tatsächlichen«, gab Allmen etwas formell zur Antwort.

»Dann gehen Sie meinetwegen von diesen dreieinhalb Millionen aus. Materiell. Immateriell das Doppelte.«

Allmen machte sich eine Notiz.

»Nächste Frage«, sagte Madame Gutbauer.

Allmen ging seine Standardfragen durch, die er mit Carlos' Hilfe memoriert hatte wie ein Schüler seine Vokabeln. Haben Sie einen Verdacht? Haben Sie etwas beobachtet? Wer hat alles Zugang zur Wohnung? Wer wusste von dem Bild?

Die Damen hatten weder einen Verdacht noch etwas beobachtet. Frau Talfeld diktierte ihm die Namen der Leute, die Zugang zur Wohnung hatten und von dem Bild wussten, während Dalia Gutbauer eine Goldkette aus ihrem Schlingkragen fischte, an der ein roter Funksender hing. Sie drückte darauf, und einen Augenblick später betrat die Pflegerin den Raum und half Madame Gutbauer auf die Beine.

Allmen erhob sich und bot ihr seinen Arm. Ihre krumme Hand mit den perfekten roten Nägeln hielt sich daran fest wie die Krallen eines Falken.

»Das Administrative erledigt Frau Talfeld, nicht

wahr, Cheryl?«, sagte sie. Und: »Ich verlasse mich auf Sie, Allmen. Ich will das Bild zurück.«

Er sah ihr zu, wie sie ihr Gehgestell aus dem Salon wuchtete und unter den wachsamen Augen ihrer Pflegerin im Korridor verschwand.

Sobald sie wieder allein waren, bemerkte Frau Talfeld: »Ich nehme an, Sie brauchen einen Vorschuss.«

»Ach so«, antwortete Allmen vage, »unsere Buchhaltung wird gegebenenfalls auf Sie zukommen.«

4

Die Mansarde, die Carlos als Wohn- und Arbeitszimmer diente, war seit dem Einzug von María Moreno noch enger geworden. Ihr Kleiderschrank stand wegen der Dachschräge weit im Zimmer drin, und man musste gebückt hinter ihm durchgehen, um zu dem kleinen Schreibtisch zu gelangen, auf dem Carlos' Computer stand.

Dort saß er und machte Recherchen zum Fall »Dahlien«, dem er die Fallnummer 243 gegeben hatte.

Er fand im Internet nur Schwarzweißfotos des Gemäldes, denn es war im Jahr neunzehnhundertachtundfünfzig aus einem sehr nachlässig gesicherten französischen Provinzmuseum gestohlen und nie mehr aufgefunden worden. Als einziges Werk mitten aus einer Fantin-Latour-Sonderausstellung. Sein Wert wurde damals mit etwa dreieinhalb Millionen alten Francs angegeben, etwas über vierzigtausend Schweizer Franken.

Carlos verglich die Preise auf den Internetseiten der Auktionshäuser. Die Preise für Fantin-Latour hatten sich in den folgenden Jahren verzehn-, ja verzwanzigfacht.

Im Jahr 2000 ersteigerte ein unbekannter Bieter im Rockefeller Center ein Blumenbouquet des Malers, dessen Schätzwert zwischen zweieinhalb und drei Millionen Dollar lag, für über dreieinhalb Millionen.

Aber die spektakulärste Preisexplosion ereignete sich vor kurzem bei einer Auktion in der Schweizer Niederlassung von Murphy's: Ein hübscher, aber keineswegs atemberaubender Dahlienstrauß von Fantin-Latour ging für mehr als das Doppelte des Schätzpreises von sechshunderttausend Franken. Zwei anonyme Telefonbieter hatten sich ein gnadenloses Duell geliefert, das erst bei einer Million zweihundertachtzigtausend entschieden wurde. Die Sache hatte unter »vermischte Meldungen« ein paar Schlagzeilen gemacht und war bald wieder vergessen.

Eine Böe stieß das Fenster auf und fegte die bereits ausgedruckten Seiten der Dokumentation vom Tisch. Carlos schloss das Fenster und sammelte die Blätter auf. In einer halben Stunde würden sie auf dem Tablett neben der Tasse Grüntee liegen, mit dem er Don John aus seiner Siesta zu wecken pflegte.

Er setzte sich wieder vor den Bildschirm und fügte den Betrag in den Standardbrief für Vorschüsse ein. Weil Allmen sich zu vornehm war, mit den Klienten über Vorschuss zu reden, und Carlos schlecht deutsch schrieb, hatte Don John ihm diesen Standardbrief formuliert.

Er setzte den Betrag von zwölftausend Franken ein, druckte den Brief aus, setzte seine kunstvolle Unterschrift unter die Zeile »Spesen und Honorare« und steckte ihn in einen Umschlag, auf dessen Rückseite nur die diskreten Initialen A.I.I. standen, Allmen International Inquiries. Er frankierte ihn und ging die Treppe hinunter, durch das winzige Vestibül und hinaus in den kleinen Park.

Carlos hatte es längst aufgegeben, sich darüber zu ärgern, dass sein Patrón ständig »vergaß«, den Honorarvorschuss einzukassieren. Am Anfang hatte er noch argumentiert, dass der Vorschuss nicht nur die Seriosität des Auftraggebers beweise, sondern auch die des Auftragnehmers. Allmen hatte ihm nie widersprochen. Aber auch nie einen Vorschuss kassiert. »Man könnte meinen, wir brauchen das Geld«, hatte er einmal gesagt.

»*Con todo el respeto*, Don John«, hatte Carlos geantwortet, »bei allem Respekt, es stimmt: Wir brauchen das Geld.«

»Wer das Geld am meisten braucht, bekommt es am wenigsten«, war jeweils Allmens Antwort.

Der Aprilwind trieb die gelben, roten und orangenen Blütenblätter der frühblühenden Rhododendren auf dem Gartenweg zusammen. Carlos nahm sich vor, sie noch am Nachmittag zusammenzukehren. Bevor der Regen sie auf den Steinplatten festklebte.

Er hatte die Stelle erreicht, wo der Weg in einem rechten Winkel abbog und an der prächtigen Frontfassade entlang zum Haupteingang der Villa Schwarzacker führte. In dem großen Sitzungszimmer waren ein paar Herren am Tisch versammelt und starrten gebannt auf eine Leinwand, auf der Grafiken, Symbole und Zahlen leuchteten.

Zu Allmens Zeiten war das große Sitzungszimmer der eleganteste Raum der Villa gewesen. Jedes Mal, wenn Carlos daran vorbeiging, befiel ihn Wehmut bei den Erinnerungen an den Duft von teuren Parfums und Zigarren, von dem er fast an jedem Wochenende erfüllt war. Allmen hingegen schien ungerührt vom Verlust seiner Residenz und deren

Verwandlung in eine seelenlose Bürolandschaft. Er war, wie viele Gambler, ein guter Verlierer.

Carlos bog in den geraden, von Rosenrabatten eingefassten Weg ein, der die Haustür mit dem schmiedeeisernen Tor zum Grundstück verband. Als er dieses beinahe erreicht hatte, öffnete es sich, und María Moreno kam herein. Er bekam etwas Herzklopfen, wie immer, wenn er ihr begegnete. Der Wind hatte eine Strähne aus ihrer strengen Hochsteckfrisur gelöst und blies sie ihr ins Gesicht. María stellte ihre beiden Einkaufstüten ab und wollte Carlos auf den Mund küssen. Er wehrte sie ab, und sie lachte ihn aus. Aber dort, wo Carlos herkam, küsste man sich nicht in der Öffentlichkeit. Auch wenn man sich noch so liebte.

Er ging auf dem schmalen Trottoir die undurchsichtigen Hecken der alten Villen entlang bis zu der Kreuzung, wo der gelbe Briefkasten hing. Er hatte die Leerungszeiten auswendig gelernt, um die Begegnung mit dem Postbeamten zu vermeiden. Leute mit seinem Aufenthaltsstatus machten besser einen großen Bogen um Uniformierte, fand er.

Carlos warf den Brief ein und kehrte um. Viel weiter als bis zum Briefkasten ging er selten. Nicht wie María Moreno, die sich in der Stadt bewegte, als wäre sie hier geboren. Sie besaß zwar auch keine gültigen Papiere, aber sie wusste die Santa María de

Compostela auf ihrer Seite. Nach ihr war sie getauft, und bis heute hatte sie ihr noch immer geholfen.

Der Wind hatte dunkelgraue Wolken angeschleppt und war allein weitergezogen. Carlos ging etwas schneller.

Der Umstand, dass das Bild aus einem Diebstahl stammte, gefiel ihm. So konnte er ziemlich sicher sein, dass die Klientin nicht die Polizei einschalten würde. Er mochte die Fälle nicht, in denen Allmen International mit der Polizei zusammenarbeitete. Auch das aus Gründen seines Aufenthaltsstatus.

Die ersten Tropfen fielen. Carlos fing an zu laufen. Er trug einen von Allmens umgeänderten Maßanzügen und wusste nicht, was der Regen bei dem Kaschmir anrichten würde.

Als er das Gärtnerhaus erreichte, klebten die Rhododendronblüten bereits auf dem Plattenweg.

5

María Moreno hatte den Tee für Señor John gemacht und wartete auf Carlos. Sie hätte nichts dabei gefunden, ihn ihm selbst ans Bett zu bringen, aber Carlos wollte das nicht. Er war ein wenig prüde. Schlief nur mit ihr, wenn der Patrón nicht zu Hause war, und wenn er sich einmal zu einer Ausnahme verführen ließ, hielt er ihr den Mund zu, wenn sie ein wenig laut wurde. Als wüsste Señor John nicht, was zwei Erwachsene tun, die im selben Bett schlafen.

Sie fand überhaupt, dass Carlos es übertrieb, was die Ehrerbietung gegenüber seinem Chef betraf. Obwohl der ihm immer wieder den Lohn schuldig blieb. Obwohl er ihn Überstunden machen ließ, ohne es auch nur zu bemerken. Obwohl er, ohne sich abzumelden, nicht zum Essen erschien. Obwohl er sich Geld von ihm lieh und sich davon herumchauffieren ließ, anstatt die Tram zu nehmen. Auf seinen Don John ließ er nichts kommen.

Sie selbst mochte ihn auch. Er war freundlich und, wenn er gerade Geld hatte, großzügig. Aber er war ein großes Kind. Und Kindern – das hatte sie in ihren vielen Jahren als *niñera*, als Kindermädchen reicher Leute, gelernt – sollte man nicht alles durchgehen lassen. Kinder brauchen Grenzen. Auch große.

Sie trug das Tablett mit dem Tee aus der Küche und stellte es auf den Esstisch in dem engen Wohnzimmer. Jetzt hörte sie die ersten Tropfen. Sie fielen auf das Glasdach der großen Bibliothek, die früher ein Treibhaus war. Erst zögerlich, dann regelmäßiger, dann als immer lauter werdender Trommelwirbel.

Sie prüfte die Standorte der Gefäße unter den üblichen Lecks, ging ins Vestibül, griff sich Allmens Seidenschirm mit Kirschholzgriff und ging Carlos entgegen.

6

Carlos kauerte vor seinem Patrón und rieb dessen ungarische Maßschuhe mit der geheimnisvollen Flüssigkeit ein, von der Allmen insgeheim vermutete, es handle sich um nichts als Wasser.

Er saß auf seinem hochgedrehten Klavierstuhl, den linken Fuß auf Carlos' schwarzer Schuhputzkiste, und blätterte in den Papieren, die Carlos ihm mit dem Tee ans Bett gebracht hatte.

»Ganz gezielt mitten aus der Ausstellung geklaut! Was für eine Liebeserklärung!«

»*Así es*, Don John«, antwortete Carlos, ohne aufzublicken, und klopfte auf die Sohle seines Kunden. Das Zeichen zum Fußwechsel.

Allmen stellte den anderen Fuß auf die Kiste. Carlos trug die Flüssigkeit auf. Vielleicht enthält das Wasser etwas Seife, dachte Allmen.

»Sechzig Jahre lang hält sie das Bild versteckt, und jetzt wird es ihr gestohlen. Welche Ironie des Schicksals!«

Carlos antwortete nichts, nickte nur und klopfte für den nächsten Seitenwechsel auf die Sohle.

»Glauben Sie, der hat das Bild persönlich gestohlen, Carlos? Oder den Diebstahl in Auftrag gegeben?«

»*A saber*, Don John, wer weiß?« Carlos begann, den linken Schuh einzucremen.

»Wie auch immer, es ist das Geschenk eines kriminellen Verehrers.«

»*Cómo no*, Don John.«

»Doch was hat eine reiche Erbin mit solchen Leuten zu schaffen, Carlos?«

»*Un novio*, Don John. Liebhaber verschenken Blumen.«

Carlos hatte jetzt beide Schuhe eingecremt und begann, mit seiner großen Bürste zu polieren. Dabei hielt er die offene Handfläche neben den Schuh und fuhr mit der Bürste darüber, als wollte er vor jedem Streich die Elastizität der Borsten prüfen.

»Und wer hat es jetzt, sechzig Jahre später, zum zweiten Mal gestohlen? Profis, denn die Wohnung ist schwer zugänglich«, stellte Allmen fest.

»Oder jemand, der Zugang zur vierten Etage hat«, ergänzte Carlos.

Allmen nickte. »Oder Komplizen im Vierten hatte. Ich lasse mir eine Liste geben.«

Carlos gab das Zeichen zum Fußwechsel. »*Una sugerencia, nada más*«, eine Anregung, mehr nicht.

Allmen hatte gelernt, Carlos' Anregungen Gehör zu schenken.

»Eine Liste aller Hotelgäste seit dem vierten April wäre vielleicht auch interessant.«

»Daran habe ich auch schon gedacht«, behauptete Allmen. In Wahrheit hatte er sich noch keine Gedanken über das weitere Vorgehen gemacht. In dieser ersten Phase der Ermittlungen, die traditionell mit einer Schuhputzsession begann, verließ er sich gewöhnlich auf Carlos.

»Auch Lieferanten und Handwerker müsste man erfassen«, ergänzte Carlos.

»Wäscherei, chemische Reinigung, Feinkostgeschäfte, Weinhändler«, fuhr Allmen fort, um auch etwas beizutragen.

Carlos nickte. »Alle, die ein und aus gingen.«

»Und ein Gepäckstück dabeihatten, in das das Bild gepasst hätte.«

»Etwa vierzig mal fünfzig Zentimeter«, präzisierte Allmen.

»Plus der Rahmen. Fast zehn Zentimeter breit. Etwa sechzig mal siebzig also, das ganze Bild, Don John.« Allmen erwiderte nichts, aber Carlos sah ihm an, dass ihn die Zahlenfuchserei nervte. »*Más o menos*«, fügte er hinzu, mehr oder weniger.

Carlos hatte jetzt das Poliertuch aus der schwarzen Kiste geholt und zauberte den letzten Glanz auf Allmens Schuhe. Allmen sah ihm gedankenversunken dabei zu.

»*Una sugerencia, nada más.*«

»*Diga.*«

»Vielleicht sollten Sie für eine Weile ins Schlosshotel ziehen.«

Allmen hatte diesen Entschluss längst gefasst. Aber jetzt tat er so, als müsse er sich den Vorschlag gründlich durch den Kopf gehen lassen.

»Es wird sich wohl kaum vermeiden lassen«, seufzte er schließlich. Und ärgerte sich über den Anflug eines wissenden Lächelns, den er bei Carlos zu entdecken glaubte.

7

Allmens Suite in der dritten Etage war ein bisschen muffig. Schwere weinrote, mit goldenen Kordeln geraffte Vorhänge schluckten das bisschen Licht, das durch die fast blickdichten Gardinen drang. Die durchgesessenen Polstergarnituren waren mit verschossenen Biedermeierstreifen und düsteren Gobelins bezogen. Die Stilmöbel – Kommoden, Konsolen, Nachttische, lederbezogene Schreibtische – hatten alle eine Restaurierung nötig. Auf dem dicken, braungrünen Spannteppich waren Perserbrücken verteilt, scheinbar willkürlich, aber in Wahrheit wohl, um Flecken zu kaschieren, die nicht mehr rausgingen. Das hohe Doppelbett war voller Samtkissen, die nach Staub rochen.

Das Schönste war die Verbindungstür zwischen Wohn- und Schlafzimmer. Sie bestand aus zwei Flügeln, die bis zur hohen Decke reichten, und verlieh der Suite etwas Herrschaftliches trotz ihres Miefs.

Allmen öffnete die Doppelfenster. Der Verkehrslärm der Straße, die das Hotel vom Ufer trennte, drang herauf. Hinter den noch kahlen Platanen, die die Promenade säumten, blies der Wind kleine Schaumkrönchen in den See. Der Himmel war bis auf ein paar eilige Wolken wieder blau.

Er begann, seine Anzüge aus dem Schrankkoffer in den Kleiderschrank zu hängen. Sieben Stück hatte er sich von Carlos packen lassen. Nicht, weil er vorhatte, so lange zu bleiben. Aber er pflegte sich für den Abend umzuziehen. Und weil die Wahl eines Anzugs nicht nur von Wetter und Gelegenheit abhing, sondern auch von seiner Stimmung, fand er eine Auswahl von sieben nicht übertrieben.

Ein Anruf von Carlos bei Cheryl Talfeld hatte nicht genügt, um ihm die »See-Suite« und einen zuvorkommenden Empfang zu sichern. Sie schien nicht mit allzu großen Vollmachten ausgestattet zu sein und musste mit ihrer Chefin Rücksprache halten. Nach zehn Minuten rief sie zurück, teilte Frau Gutbauers Einverständnis mit und ließ ausrichten, dass er nichts unternehmen und mit niemandem sprechen dürfe, bevor sie sich nicht noch einmal gesprochen hätten. Sie gab Carlos eine interne Nummer, auf der er sie anrufen solle, sobald er sein Zimmer bezogen habe. Das tat er jetzt. Sie verabredeten sich in zehn Minuten im Wintergarten.

Der Wintergarten lag auf der Rückseite des Schlosshotels. Er war möbliert mit ein paar Rattansitzgruppen, Zimmerpalmen, einem kleinen gusseisernen Springbrunnen und einer gekühlten Kuchenvitrine für die Patisserie zum Nachmittagstee.

Durch die großen Fenster war der kleine Rest des Parks zu sehen, der früher zum Hotel gehört hatte. Er endete nach knapp zehn Metern bei einem Pavillon, zu dem ein Kiesweg führte. Gleich dahinter stand eine von einem Bürohaus hoch überragte Mauer, auf die eine symmetrische Gartenanlage gemalt war; sie sollte die Illusion von Weite vermitteln.

Frau Talfeld war der einzige Gast. Sie saß in einem der tiefen Korbstühle und winkte ihm zu, als er eintrat. Allmen setzte sich zu ihr. Er wollte ein Ginger Ale bestellen, aber als er ihr fast leeres Cocktailglas mit einer Maraschino-Kirsche bemerkte, machte er daraus einen Highball. Frau Talfeld deutete wortlos auf ihr Glas, der Kellner nickte.

Sie war so streng geschminkt wie am Vortag, und die Frisur sah aus, als hätte sich in der Zwischenzeit kein Härchen verschoben. Ihr Kostüm war diesmal nicht schwarz, sondern von einem blaustichigen Rot, das den Fond ihres Make-ups noch heller erscheinen ließ. Sie schenkte ihm ein flüchtiges Lächeln und kam sofort zur Sache:

»Man darf im Haus nicht wissen, wonach Sie suchen, das ist Ihnen wohl klar. Das, was verschwunden ist, hat es nie gegeben.«

»Davon bin ich ausgegangen.«

»Gut.« Frau Talfeld trank den letzten Schluck aus ihrem Glas und aß die Kirsche. »Wie wollen Sie also vorgehen?«

»Diskret.« Allmen lächelte.

Aber Cheryl Talfeld blieb sachlich. »Wir brauchen eine Sprachregelung.«

»Haben Sie einen Vorschlag?«

»Nein, und Sie?«

Allmen dachte nach. Der Kellner verschaffte ihm ein wenig Zeit. Er brachte die Drinks. Der von Frau Talfeld stellte sich als Manhattan heraus.

»Wir machen eine Sicherheitsstudie. Im Auftrag der Versicherung.«

»Und wenn jemand bei der Versicherung nachfragt?«

»Nicht im Auftrag der bestehenden. Das Hotel hat ein Konkurrenzunternehmen um eine Offerte gebeten, und diese macht jetzt eine Risikoabklärung.«

Sie dachte kurz nach und nickte dann. »Klingt gut. Wie heißt das Konkurrenzunternehmen?«

»Keine Ahnung, ich kenne mich nicht aus mit Versicherungen.«

»Nehmen wir Ihre.«

»Ich habe keine.«

»Ein Detektiv ohne Versicherung?«

»Ein Detektiv kennt keine Angst.«

Jetzt lachte Cheryl Talfeld zum ersten Mal.

»Um welche Versicherung es sich handelt, ist geheim«, schlug Allmen vor. »Allmen International Inquiries gibt die Namen ihrer Mandanten niemals preis.«

Damit gab sich Frau Talfeld zufrieden. Sie griff zu ihrem Manhattan und nahm einen undamenhaft großen Schluck davon.

»Und was ist mit dem Personal von Madame Gutbauer? Die wissen ja von dem Diebstahl.«

»Nur Monsieur Louis, der Butler, und Carmen, das für Madame Gutbauer zuständige Zimmermädchen. Auf beide ist absolut Verlass.«

»Und«, Allmen warf einen Blick auf seine Notizen, »Rosa Cotti, Carmens Vertretung?«

»Kam von einem Personalvermittler.«

»Aber sie weiß von dem verschwundenen Bild.«

»Monsieur Louis hat ihr gesagt, es sei wieder aufgetaucht.«

»Und das hat sie geglaubt?«

»Weshalb sollte sie nicht?«

»Zum Beispiel, weil sie es war.«

»Wie gesagt: zu dumm.«

Carlos hatte ihn gelehrt, die Intelligenz seiner Mitmenschen nie zu unterschätzen. »Vielleicht stellt sie sich nur dumm.«

»Auch dafür ist sie zu dumm.«

Er wechselte das Thema. »Gibt es sonst noch eine Spielregel?«

»Halten Sie sich an Herrn Klettmann, den Concierge. Er ist schon über dreißig Jahre hier.«

Allmen hatte den Mann bemerkt, er war nicht zu übersehen. Er war dünn und groß und haar-, wimpern- und brauenlos. Das Lid seines rechten Auges konnte er nicht ganz öffnen. Er war gezwungen, das Kinn hoch zu tragen, was seiner Uniform und seinem Amt noch mehr Würde verlieh. Herr Klettmann hatte Allmen ganz selbstverständlich mit Namen begrüßt.

»Können Sie mir eine Liste aller Leute geben, die

zum kritischen Zeitpunkt Zugang zur vierten Etage hatten?«

»Etwa so?« Frau Talfeld zog ein Blatt aus der Handtasche und überreichte es ihm.

Unter dem Titel »Personal« standen neun Namen, einschließlich dem von Cheryl Talfeld, Personal Assistant. Darunter, in der Rubrik »Lieferanten«, drei weitere: Gorandi, Installateur; Salmeier, »Kinohow«; Dr. Aldo Kersthuber, Arzt. Allmen nahm zur Kenntnis, dass Madame Gutbauers Ärzte unter »Lieferanten« rangierten.

»Gorandi hat die Heizkörper entlüftet, Salmeier hat die Lampe des Beamers ausgewechselt, und Doktor Kersthuber kam zu einem Routinebesuch. Ich glaube kaum, dass Sie da fündig werden.«

»Irgendjemand muss das Bild aus der Etage geschmuggelt haben. Oder jemanden hereingelassen haben. Jemanden vom Hotelpersonal. Oder von den Lieferanten. Oder einen Restaurantbesucher. Oder einen Gast.«

»Gäste«, protestierte Cheryl Talfeld, »Gäste befragen Sie selbstverständlich nicht.«

»Es sei denn, sie waren am vierten April bereits hier.«

Sie zögerte.

Er schränkte es weiter ein: »Falls es sich als nötig erweisen sollte.«

»Die Gäste hier bleiben nur kurz. Das würde vor allem die paar Dauergäste betreffen. Weshalb sollten die plötzlich Bilder stehlen?«

Jetzt befanden sie sich auf einem Gebiet, auf dem Allmen sich auskannte. »Aus finanziellen Gründen?«

Frau Talfeld schüttelte entschieden den Kopf. »Bei allen drei handelt es sich um wohlsituierte Gäste. Die Suiten sind nicht billig.«

»Eben.«

Sie hob die Schultern. »Okay. Aber nur, wenn Sie sonst nicht weiterkommen.«

»Versprochen.« Sie tranken beide den zweiten Schluck. Cheryl Talfelds Glas war danach leer.

8

Herr Klettmann war beschäftigt. Er stand in seiner Loge über einen Stadtplan gebeugt und erklärte einem russischen Paar den Weg zur »Straße mit den teuersten Uhren«, wie sich der Mann ausdrückte. Der Concierge sprach ganz passabel Russisch, fand Allmen. Nur das Wort игрушки, igruschki, verstand er nicht. Allmen wusste, dass es »Spielzeug« hieß, aber aus Höflichkeit tat er so, als ob er in die Zeitung vertieft wäre und nicht in das Gespräch der drei.

So musste er warten, bis Herr Klettmann verstanden hatte, dass das Paar nach einem Mitbringsel für ein Kind suchte.

»Was kann ich für Sie tun, Herr von Allmen?«, fragte er mit Betonung auf dem Allmen, als die beiden endlich gingen.

»Ich wollte Sie um einen Termin bitten.« Allmen zog seine Karte hinter dem Einstecktuch hervor.

Der Concierge sah nicht darauf. »Ich bin informiert«, sagte er. Und wiederholte: »Was kann ich für Sie tun?«

»Ich brauche eine Liste aller Départs zwischen dem vierten und dem siebten April.«

Herr Klettmann machte sich eine Notiz. Allmen fiel auf, dass auch seine Handrücken unbehaart waren.

»Sonst noch etwas, Herr von Allmen?«

»Eine Liste der Lieferanten und eine des Personals.«

Der Concierge notierte. »Darf ich fragen, wozu Sie das brauchen?«, fragte er, ohne von seiner Notiz aufzuschauen.

»Eine Versuchsanlage. Wir nehmen einen fiktiven Zeitraum an und spielen durch, wer in diesem die Möglichkeit gehabt hätte, Wertgegenstände aus dem Haus zu schaffen.« Allmen war sich jetzt doch nicht so sicher, ob die »Sprachregelung« wirklich überzeugend war.

»Das Personal muss am Personaleingang einstempeln und ausstempeln und, falls es Taschen oder andere Gepäckstücke dabeihat, deren Inhalt zeigen. Seit ein Haustechniker vor über zwanzig Jahren einen Zimmertresor mit Inhalt hat mitgehen lassen.«

»Auch das Personal von Madame Gutbauer?«

Herr Klettmann tat, als verstehe er nicht.

»Auch das Personal aus der vierten Etage?«

»Selbstverständlich. Das ganze Personal.«

»Hat jemand vom Hotelpersonal Zugang zur Vierten?«

»Niemand.«

»Und im Notfall?«

»Gibt es einen Notfallschlüssel.«

»Der sich wo befindet?«

»Im Safe.«

»Und wer hat Zugang zum Safe?«

»Die Réception, der Concierge, das Büro.«

»Diese Namen bräuchte ich auch, bitte.«

Der Concierge nickte knapp. »Kann ich sonst noch etwas für Sie tun?«

»Im Augenblick nichts, danke für Ihre Hilfe. Ich setze mich so lange in die Lobby.«

»Wenn Sie so viel Wert auf Diskretion legen, müssen wir schon warten, bis der Letzte im Büro nach Hause gegangen ist. Um halb acht. Ich kann

Ihnen die Unterlagen um acht aufs Zimmer bringen lassen.«

Es war erst kurz vor sechs. Allmen bedankte sich, ging in seine Suite und nahm das Buch vom Nachttisch, das er gerade wieder las: *The Quiet American* von Graham Greene.

Das war eine der wenigen angenehmen Seiten dieses Berufs: viel Zeit zum Lesen.

9

Allmen hatte sich gerade fertig für den Abend umgezogen, als es klopfte. Es war Herr Klettmann, der ihm die Unterlagen persönlich überbrachte. Er hatte seine Uniform abgelegt und trug eine Lederjacke, die der Würde seiner Erscheinung nicht zuträglich war. Allmen bat ihn herein und bot ihm einen Sessel in der kleinen Sitzgruppe an. Sie setzten sich, und der Concierge überreichte ihm ein Mäppchen mit Papieren.

Zuoberst lag eine mehrseitige Tabelle mit Namen und Adressen der Gäste, die zwischen dem vierten und dem siebten April ausgecheckt hatten. Es waren acht.

»Ich dachte, es wären mehr«, bemerkte Allmen.

»Mehr? Es sind mehr als die Hälfte.«

Allmen sah ihn überrascht an.

Herr Klettmann erklärte: »Das Hotel hat achtunddreißig Zimmer und war zu weniger als fünfzig Prozent ausgelastet. Achtzehn Zimmer waren besetzt. Davon drei mit Dauergästen. Wenn wir die abziehen, sind es fünfzehn. Acht sind also mehr als die Hälfte.«

»Unter fünfzig Prozent Auslastung? Kommt das oft vor?«

Herr Klettmann lächelte bitter. »Nicht oft. Meistens liegt sie tiefer.«

Allmen sah sich die nächste Liste an. Sie enthielt Namen, Jahrgänge, Eintrittsdaten und Funktionen der Angestellten.

»Sechsundzwanzig«, kommentierte der Concierge. »Mehr als zum fraglichen Zeitpunkt Gäste.«

Die dritte Liste enthielt die Namen der Lieferanten. Feinkosthändler, Bäcker, Metzger, Wein- und Getränkelieferanten, Konditor, Installateur, Liftmechaniker, Elektriker und so weiter. Hinter denen, die in den drei Tagen im Haus waren, hatte Herr Klettmann ein Häkchen gemacht. Es waren sieben.

Allmen warf einen Blick darauf und schob alle Dokumente zurück ins Mäppchen. Der Concierge stand auf und verabschiedete sich. Als er die innere der beiden Türen bereits geöffnet hatte, fragte er: »Was ist gestohlen worden?«

Allmen wurde von der Frage etwas überrumpelt und zögerte.

Klettmann ließ nicht locker. »Ein Bild aus … aus dem Vierten?«

»Wie gesagt, ich mache eine Sicherheitsüberprüfung.«

»Für wen?«

»Für eine Klientin aus dem Bereich der Versicherungsbranche.«

Herr Klettmann musterte ihn mit seinen anderthalb Augen und zeigte ein dünnes Lächeln. »Diskretion ist auch mein Geschäft.«

Sie wünschten einander einen angenehmen Abend. Herr Klettmann verschwand im Personalaufzug, Allmen kurz darauf in dem für Gäste.

Diesmal war das Barpiano live. Eine untersetzte Blondine spielte routiniert die Standards und schenkte ihm ein Lächeln, als er sich an die Bar setzte. Sie mochte etwas über fünfzig sein und trug ein Cocktailkleid.

Er bestellte eine Margarita-trocken-wenig-Cointreau und sah dem Barkeeper zu, wie er den Drink zubereitete. Es war derselbe wie bei seinem ersten Treffen mit Cheryl Talfeld: der etwas gebückte ältere Mann mit dem gutsitzenden, etwas abgetragenen Smoking. Vom Cocktailmixen verstand er offensichtlich mehr als vom Kaffeemachen. Er arbeitete schnell, elegant und ohne Messbecher. Und das Resultat schmeckte genau so, wie Allmen es liebte: nicht zu süß, nicht zu sauer und knapp über dem Gefrierpunkt.

Es waren nur zwei Tische besetzt. Am einen saß das russische Paar vom Nachmittag. Am anderen ein in sich zusammengesunkener greiser Mann mit einem kahlen Schildkrötenkopf, der an einer Zigarre nuckelte und die Lippen im Selbstgespräch bewegte.

Allmen ließ seinen Blick zu seiner Margarita zurückwandern und begegnete dabei dem der Pianistin. Er erwiderte ihr Lächeln, obwohl er wusste, dass er damit zu ihrem einzigen Zuhörer geworden war. Das passierte ihm immer mit Barpianisten. Er ließ sich in ihren musikalischen Monolog verwickeln, zu kennerhaftem Kopfnicken nötigen, zu einsamem, dünnem Applaus und zu Drinks vom Herrn an der Bar.

Ein Paar betrat die Bar und setzte sich an einen Nischentisch, weit weg von den Fenstern. Allmen taxierte sie kurz und dachte: So passé ist das Schlosshotel inzwischen, dass man hierherkommen kann, wenn man nicht gesehen werden will.

Der alte Mann klopfte mit dem Siegelring energisch an sein Glas und reckte den runzeligen Hals aus dem viel zu weiten Kragen. Sofort brachte ihm der Barmann die Rechnung, half ihm aus dem Sessel und stützte ihn durch die offene Schwingtür ins Restaurant.

»Ein Dauergast?«, fragte Allmen, als der Barkeeper zurückkam.

»Seit acht Jahren. Und immer noch jeden Tag seine Cohiba und seinen Rum. Dabei ist er über neunzig.«

»Beneidenswert.«

Der Barmann stimmte bei. »Vor allem, es sich leisten zu können.«

Dieser Aspekt überraschte Allmen. Er selbst befürchtete nie, dass er sich eines Tages irgendetwas nicht mehr würde leisten können. Er bestellte noch eine Margarita. »Und was trinken Sie?«

»Bier. Danke.«

»Und die Frau am Klavier?«

»Einen Zweier Bordeaux.«

Der Barmann brachte ihr den Wein und kam zurück mit der Frage, was er denn gerne hören wolle.

»Cole Porter. *In the Still of the Night*«, wünschte er sich. Vielleicht waren der Musikwunsch und das Bier zwei Fehler gewesen. Aber vielleicht auch nicht. Barkeeper und Barpianisten sind gute Beobachter.

10

Auch der Schlosshotel-Grillroom war schwach besetzt. So schwach, dass der Chef de Service ihn an einem Vierertisch am Fenster placiert hatte. Allmen hatte einen Kellner daran gehindert, den Vorhang zuzuziehen, und sah der Dämmerung zu, die rasch auf Straße, See und Promenade fiel.

Die Autos fuhren mit Scheinwerfern, die elektrifizierten Gaslaternen tauchten die wenigen Fußgänger in ihr kaltes Licht, vom gegenüberliegenden Ufer glitzerten die Vororte.

Es roch gemütlich nach *ancienne cuisine* – geschmolzener Butter, erhitzter Sahne, reduzierten Saucen, nach Ausgebackenem, Gebratenem und Gegrilltem. Allmen hatte einen nullsechser Chambertin-Clos de Bèze bestellt, der etwas zu warm in einem überdimensionierten Burgunderglas serviert wurde. Die Flasche trug einen runden Kleber, auf dem seine Zimmernummer vermerkt war. Man ging davon aus, dass er nicht die ganze Flasche schaffte.

Der greise Dauergast saß an einem Zweiertisch, hatte die Serviette umgebunden und führte zwischen den Bissen sein tonloses Selbstgespräch weiter. Er aß winzige Portionen des Abendmenüs – Poularde mit Kroketten und Erbsen – und nippte ab und zu an seinem Wein, dessen Flasche ebenfalls eine Zimmernummer trug.

An einem Fenstertisch mit zugezogenen Vorhängen thronten zwei alte Damen, deren Mineralwasserflaschen – eine mit und eine ohne – ebenfalls mit runden Klebern versehen waren. Als Allmen eingetreten war, aßen sie bereits das Dessert. Die eine war hager, die andere mollig, aber ihren Gesichtern sah man an, dass sie Schwestern waren. Beide hatten Sieben-Tage-Pillendosen neben dem Teller, aus denen sie sich nach der Nachspeise konzentriert bedienten. Allmen nahm an, dass es sich auch bei den alten Schwestern um Dauergäste handelte.

Außer dem russischen und dem heimlichen Paar gab es noch vier Geschäftsleute, die sich in schlechtem Englisch mit unterschiedlichem, starkem Akzent unterhielten, einen jungen Mann, der während der ganzen Mahlzeit auf sein iPad starrte, eine asiatische Mutter mit ihrer halbwüchsigen Tochter und einen hohlwangigen, gutaussehenden Mann um die vierzig, der auf Schweizerdeutsch einen Campari Soda bestellte und sagte, er warte noch auf jemand.

Allmen hatte Tournedos Rossini bestellt, er fand, das passe gut zu einem Grillroom. Es gab nichts daran auszusetzen und wurde serviert mit Gratin Dauphinois und zwei Bündelchen Bohnen, die mit einem Streifen Speck umwickelt waren. Diese rührte er nicht an. Sie erinnerten ihn dann doch zu sehr an die protzigen Landgasthöfe, in die ihn sein neureicher Vater an Sonntagen manchmal ausgeführt hatte.

Die beiden Schwestern verließen das Restaurant. Die Mollige voraus an zwei Stöcken, die Dünne dahinter mit beiden Handtaschen. Der andere Dauergast unterbrach sein Selbstgespräch, blickte ihnen nach und machte eine wegwerfende Handbewegung. Dann nahm er das Gespräch mit dem unsichtbaren Tischgenossen wieder auf.

Ein Kellner schenkte Allmen nach und räumte ab. »Darf ich Ihnen die Dessertkarte bringen?«, fragte er. Er hatte dichtes, krauses blondes Haar wie der Geißenpeter, was einen seltsamen Kontrast zu seinem faltigen Gesicht bildete.

Allmen bestellte etwas Käse. Er hatte vor, die Zimmernummer auf der Flasche überflüssig zu machen.

Die Akkorde des Pianos drangen aus der Bar herein, das gedämpfte Gemurmel der Gäste wurde manchmal übertönt vom Auflachen der radebrechenden Geschäftsleute. Allmen befiel ein Wohlbehagen, das seiner Aufgabe als Detektiv ein wenig unangemessen war.

Als Nächstes ging das heimliche Paar, eilig und erwartungsvoll. Einer der Geschäftsmänner brachte mit einer Anzüglichkeit seine Runde zum Lachen.

Mutter und Tochter stritten sich jetzt mit gedämpften Stimmen auf Mandarin. Das russische Paar saß sich stumm gegenüber und wartete auf den nächsten Gang. Sie starrte auf ihre Hände, die neben dem Platzteller lagen, er trank Bier in großen Schlucken. Der junge Mann tauschte den leeren Teller mit dem iPad und begann zu tippen. Der Gutaussehende hatte das Warten aufgegeben und aß jetzt gereizt ein Entrecôte und einen gemischten Salat. Der alte Dauergast saß bewegungslos in sich zusammengesunken in seinem Stuhl, als wäre er zwischen zwei Bissen gestorben.

Der Käsewagen war klein, aber die Auswahl gepflegt. Nicht zu frisch, nicht zu reif und nicht zu kühl. Allmen unterbrach seine Beobachtungen und genoss die immer wieder unnachahmliche Symbiose von reifem Käse und schwerem Wein.

Bis er von einer Unruhe am Tisch des alten Dauergastes gestört wurde. Zwei Kellner und der Barkeeper standen um den Tisch herum. Der Nachtportier kam herbeigeeilt. »Herr Frey«, rief einer. »Hallo, Herr Frey? Ist Ihnen nicht gut?«, ein anderer.

Die Gäste blickten neugierig zu der Ansammlung hinüber. Der gutaussehende Versetzte stand auf, drängte sich durch, machte sich fachmännisch an Herrn Frey zu schaffen, schüttelte den Kopf, sagte etwas zum Chef de Service und führte ein kurzes Telefongespräch. Der Chef de Service gab einem Kellner eine Anweisung, dieser entfernte sich und kam gleich darauf mit einem Tischtuch zurück.

Sie breiteten es über Herrn Frey aus.

11

Der Grillroom war geräumt worden, die Gäste wurden in der Bar bedient.

Allmen hatte keine Lust auf Gesellschaft, aber er brauchte einen Armagnac. Er trank ihn allein in der menschenleeren, halbdunklen Eingangshalle in einer kleinen Polstergruppe.

Aus einer Tür neben dem Aufzug mit der Aufschrift »Kein Durchgang« kam der Nachtportier. Er durchquerte, ohne Allmen zu bemerken, rasch die Halle und ging zum Haupteingang hinaus. Durch die Glastür sah Allmen ihn ungeduldig warten.

Der Nachtportier war das Gegenstück zu Herrn Klettmann, dem dünnen, langen kahlen Concierge. Er war untersetzt und bullig, trug einen struppigen Schnurrbart, und sein Haar war drahtig und widerspenstig. Er hatte sich eine Zigarette angesteckt, hielt sie in der hohlen Hand verborgen und zog in kurzen Abständen nervös daran.

Das Dingdong des ankommenden Aufzugs erklang, die Lifttür öffnete sich, und Madame Gutbauer schob sich hinter ihrem Gehgestell hastig in die Halle. Ihre Pflegerin stützte sie, Cheryl Talfeld folgte den beiden.

Die drei Frauen gingen auf die Tür zu, aus der der Nachtportier gekommen war, und verschwanden.

Allmen stellte den Cognacschwenker, den er in beiden Händen gewärmt hatte, auf das Clubtischchen, ging zu der geheimnisvollen Tür und öffnete sie. Er befand sich in einem Korridor mit drei Türen. Die am Ende des Ganges stand offen, es roch nach Essen.

Er ging hinein und befand sich in der Küche. An der Doppelschwingtür zum Restaurant öffnete sich die Ansammlung der Köche und Küchenhilfen, um Madame Gutbauer und ihren Begleiterinnen Platz zu machen.

Allmen hatte jetzt beinahe zu ihnen aufgeschlossen, und das Küchenpersonal, das annahm, er gehöre dazu, wollte ihn ebenfalls durchlassen. Aber er schüttelte den Kopf und blieb in der Tür stehen.

Am Tisch des toten Dauergastes standen die Kellner, der Chef de Service und der Gast, der offenbar Arzt war. Madame Gutbauer gesellte sich zu ihnen.

Der Chef de Service hob das Tischtuch. Herr Frey

saß in derselben Stellung dort, in der ihn der Tod ereilt hatte: in sich zusammengesunken, das Kinn auf der Brust, die Arme auf den Armlehnen. Mit seiner kalkweißen Haut, den fast schwarzen Augenhöhlen und seinem zu einem Lächeln halbgeöffneten Mund, der die Zahnprothese entblößte, sah sein Kopf aus wie ein Totenschädel.

Madame Gutbauer starrte ihn stumm an. Plötzlich drang ihre Stimme durch die Stille. »Hardy, Hardy«, sagte sie tadelnd. Dann wendete sie ihr Gehgestell und steuerte, gefolgt von ihrer Eskorte, wieder auf die Schwingtür zu.

Die Schaulustigen in der Küche machten ihnen Platz. Nur Cheryl Talfeld streifte Allmen mit einem Blick, als sie an ihm vorbeigingen. Er folgte ihnen mit etwas Abstand und sah sie im Aufzug verschwinden.

Der ganze Auftritt hatte nur ein paar Minuten gedauert. Allmen ging zurück zu seinem Armagnac. Das »Hardy, Hardy« ging ihm nicht aus den Ohren. Woher kannte sie den Toten? Was war die Geschichte hinter dieser Szene?

Die Eingangstür ging auf, der Nachtportier kam herein, gefolgt von Notärztin und Rettungssanitätern mit einer Fahrtrage. Er dirigierte sie zur Tür, die in die Küche führte.

Kaum war der Nachtportier zurück, betraten zwei

Polizisten die Halle. Sie waren in Begleitung eines Mannes in Zivil, wahrscheinlich ebenfalls ein Beamter.

Sie blieben nicht lange, und kurze Zeit, nachdem sie gegangen waren, wurde die Fahrtrage herausgeschoben.

Ein Mann betrat die Empfangshalle und stellte sich der Ambulanzbesatzung in den Weg. »Was ist mit ihm? Ich bin der Großneffe.«

Der Mann mochte in Allmens Alter sein. Er hatte dichtes weißblondes Haar, trug einen schwarzen Anzug mit einer gelbweißgestreiften, breiten Krawatte, deren Knoten über dem offenen Hemdkragen gelockert war, und hatte einen hellbeigen Trenchcoat übergeworfen. Er sah aus, als wäre er von einem Abendessen weggerufen worden.

Die Notärztin lüftete die grüne Decke über dem Gesicht des Toten.

»Woran ist er gestorben?«

»Sein Herz hat aufgehört zu schlagen«, erklärte sie behutsam.

»Einfach so?« Die Frage des Großneffen klang etwas vorwurfsvoll. »Wohin bringen Sie ihn?«

»Ins anatomische Institut. Wollen Sie mitkommen?«

Der Großneffe zögerte. »Ist das üblich?«, fragte er schließlich.

Die Notärztin zuckte mit den Schultern. Sie war jung und ernst und sah müde aus.

»Ich meine: Braucht es mich?«

»Brauchen? Brauchen nicht.« Sie folgte den Sanitätern, die schon dabei waren, die Fahrtrage die paar Treppenstufen vor dem Hotel hinunterzutragen.

Der Großneffe blieb zurück, hilflos und noch immer unentschlossen.

Der Nachtportier ging zu ihm. »Kommen Sie in die Bar, Herr Tenz, Sie brauchen etwas Starkes. Ihm können Sie jetzt nicht mehr helfen.« Er legte ihm die flache Hand auf den Rücken und schob ihn sanft in Richtung Bar.

Tenz? Der Name kam Allmen bekannt vor.

12

Dort, wo Carlos herkam, war Sex eine diskrete Angelegenheit. Die Familien schliefen in einem Zimmer, oft sogar im selben Bett. Da musste man schauen, wie man diesen Teil des Familienlebens so unbemerkt wie möglich abwickelte.

María Moreno stammte zwar nicht aus Guatemala, sondern aus Kolumbien, aber aus ähnlichen Verhältnissen: kinderreiche Familie, winziges Haus. Als Carlos sie nach einem besonders lauten Schäferstündchen einmal gefragt hatte, wie es komme, dass sie einen so freien Umgang mit diesen Dingen habe, wo sie doch auch so aufgewachsen sei wie er, hatte sie geantwortet: *»Por eso.«* Sie habe gelitten unter dieser Verklemmtheit und sei nicht nach Europa gekommen, um genau gleich weiterzuleben.

Sie machte sich lustig über seine Verschämtheit und seine Panik davor, dass Don John etwas hören könnte.

»Don John, Don John. Glaubst du, der denkt, wir vögeln nicht?«

María hatte es sich zur Aufgabe gemacht, Carlos zu einem etwas unbefangeneren Intimleben umzuerziehen, und intensivierte ihre Anstrengungen an Tagen wie diesen, wo Don John außer Haus war.

Soeben hatte sie sich neben dem Bett aufreizend langsam ausgezogen und blickte Carlos herausfordernd an, der dabei war, sich, bis zum Hals zugedeckt, seiner Unterhose zu entledigen.

»¡Venga!«, sagte er.

Sie schüttelte den Kopf.

»¡Venga!«, sagte Carlos noch einmal.

Sie lachte nur.

Endlich schlug Carlos die Bettdecke zurück und stand auf. Im gleichen Moment klingelte im unteren Stock das Telefon.

Noch ehe er seine Boxershorts wieder anhatte,

war María die Treppe hinuntergerannt und beim Telefon. Splitternackt stand sie im Vestibül, hob den Hörer ab und sagte: »Allmen International Emergencies«, wie immer bei Anrufen nach zwanzig Uhr.

»*Sí*, Señor John«, sagte sie unbefangen. »Er ist hier, Moment.«

Carlos nahm die letzten Stufen der Holztreppe, ergriff den Hörer, zog das Spiralkabel so weit in die Länge, dass er den Schalter erreichen konnte, machte das Licht aus und sagte: »*Muy buenas noches*, Don John.«

13

Nach dem Abtransport des toten Dauergastes hatte sich der Nachtportier wieder hinter dem Empfangstresen verschanzt. Dort saß er mit dem Rücken zur Empfangshalle und blätterte in einer Zeitschrift. Allmen musste zweimal laut und vernehmlich seine Zimmernummer nennen, bis der Mann ihn bemerkte und den Schlüssel brachte.

»War der Verstorbene ein Freund von Madame Gutbauer?«

Der Nachtportier hielt sich an die Regeln des Hauses, die offenbar vorschrieben, dass man von einer Madame Gutbauer nichts wusste. »Madame Gutbauer?«

Allmen insistierte nicht. »Es gibt schlimmere Arten zu sterben als diese«, sagte er stattdessen.

»Für Herrn Frey war jede Art zu sterben schlimm. Herr Frey wollte nicht sterben. Das hat er mir immer wieder gesagt.«

»Kannten Sie ihn gut?«

»In acht Jahren lernt man sich schon ein wenig kennen. Er hatte ja niemanden.«

»Doch, seinen Großneffen.«

»Ach der. Der ist erst kürzlich aufgetaucht.«

»Ich dachte, er hätte bis vor kurzem im Hotel gewohnt.«

»Nur ein paar Tage. Und davor kam er ab und zu zu Besuch. Aber all die Jahre zuvor hatte Herr Frey nie Besuch. Und ist auch nie ausgegangen. Dabei war er sein Leben lang auf Reisen. Aus der ganzen Welt hat er mir Geschichten erzählt. Wissen Sie, Neunzigjährige und Nachtportiers haben etwas gemeinsam: schlaflose Nächte.«

Zurück im Zimmer, rief Allmen zu Hause an. María Moreno hob ab und verband ihn mit Carlos. Dieser klang anders als sonst, verlegen oder nervös. »Alles in Ordnung?«, erkundigte sich Allmen.

»Todo bien«, versicherte ihm Carlos.

»*Fíjese,* stellen Sie sich vor, während des Nachtessens ist ein alter Mann gestorben. Nur ein paar Tische weiter.«

»*Lo siento*«, antwortete Carlos. »Nicht sehr angenehm, beim Essen.«

»Ich hatte schon gegessen.«

»Trotzdem.«

»Man hat es nicht gemerkt. Er hat gegessen, und plötzlich war er tot. Sehr diskret. Ein Dauergast.«

Eine Schweigeminute für den alten Herrn.

»Seltsam war: Madame Gutbauer erwies ihm die letzte Ehre.« Allmen erzählte von ihrem eigenartigen Auftritt.

»Und noch etwas ist bemerkenswert. Einer der acht zwischen dem vierten und dem siebten April abgereisten Gäste ist sein Großneffe. Claude Tenz. Am vierten angekommen, am fünften abgereist.«

»*Interesante.*« Carlos klang immer noch seltsam.

»Außer Tenz sind noch zwei weitere Gäste nach dem vierten April angekommen. Ein gewisser Jeremy Brown aus Birmingham und ein Daisuke Moriwaki aus Osaka. Beide sind schon am nächsten Tag abgereist. – Carlos? Sind Sie noch da?«

»*Sí*, Don John, *estoy pensando.*«

»Worüber denken Sie nach?«

»Es sind viele Verdächtige.«

Allmen nahm die Liste und rechnete vor: »Sechsundzwanzig Hotelangestellte, sieben Lieferanten, neun Angestellte im Vierten plus drei Lieferanten vom Vierten. Plus acht Gäste, vielleicht noch mehr, wenn wir die Dauergäste dazunehmen und die, die nach dem vierten April angekommen sind. Macht insgesamt mindestens – dreiundfünfzig. Dreiundfünfzig, Carlos! Wo fangen wir da an?«

»*Con las relaciones*, Don John. Wie standen die dreiunddreißig des Hotels und die zwölf der vierten Etage zueinander?«

Allmen seufzte. »Das schaffe ich nicht.«

»*Con todo el respeto*, Don John: Nein, das schaffen Sie nicht.«

»Und? Was schlagen Sie vor?«

»Sie übernehmen die Gäste. Und wir den Rest.«

»Wir?«

14

Die Uniform war schon etwas abgetragen, aber okay: schwarzer Rock mit weißer Schürze, schwarze Bluse mit weißem Kragen und weißen Umschlägen an den kurzen Ärmeln. Kein Häubchen.

María Moreno stand vor dem Spiegel in der Personalgarderobe. Neben ihr Pita Costa aus Ecuador, die Kollegin, die sie einführen sollte.

Pita war klein und rund, um die dreißig und von überwältigender Herzlichkeit. Sie war das einzige südamerikanische Zimmermädchen und konnte ihr

Glück kaum fassen, jetzt eine Arbeitskollegin aus dem Nachbarland zu haben. Vom ersten Moment an nannte sie María Moreno *vecina,* Nachbarin.

María war sich sicher, dass sie alles von ihr erfahren würde, was sie wissen wollte. Und alles andere auch.

Pita hatte keine Zeit für Atempausen. Sie sprach und atmete gleichzeitig. Wenn ihr am Ende eines Themas kein neues einfiel – was nicht oft vorkam –, dann wiederholte sie das Gesagte einfach. Wörtlich, wenn es ihr noch frisch genug in Erinnerung war.

Im Moment sprach sie über die Uniform. »Für mich wäre Kasack oder Tunika besser, weißt du, wie im Krankenhaus, mit Hosen, mit meinen Beinen, aber für eine Figur wie deine ist das natürlich hübscher, ich würde« – sie fasste mit beiden Händen Marías Rocksaum und schlug ihn einmal um –, »ich würde ihn kürzer tragen, schau, so, drei Finger über dem Knie, wenn ich deine Beine hätte …«

Pita ging voraus in den Korridor und führte María zu einem Putzraum. Er besaß keine Fenster, es roch ungelüftet und nach Reinigungsmitteln. An allen Wänden befanden sich Einbauschränke. In der Raummitte Putzwagen und Staubsauger.

Pita öffnete einen Schrank mit Tissue-Boxen, Seifen, Shampoos, Body Lotions und so weiter. Sie begann, einen Vorrat davon auf den Putzwagen zu packen, ohne ihren Redefluss zu unterbrechen.

Dann zeigte sie auf den Staubsauger und öffnete die Tür. *»¡Vámonos, vecina!«*

María griff sich den Staubsauger und zog ihn hinterher.

Der Personallift hatte einen Holzboden und unverkleidete Metallwände. Er fuhr langsam und schwankend in die dritte Etage. María stellte sich vor, wie er an einem einzigen Drahtseil baumelte, gezogen von ausgeleierten Zahnrädern und kaum gehalten von den lockeren Führungsschienen. Sie war froh, als sie aussteigen konnten. María Moreno hasste Aufzüge.

Pita sah auf ein Blatt. Es war auf ein Brett geklemmt, das am Putzwagen hing, und enthielt eine Tabelle mit den Zimmern. »Wir fangen bei der Dreihundertneun an, Dreihundertsieben und -acht sind leer«, erklärte sie.

Aber an der Türklinke der Dreihundertneun hing das Schild »Bitte nicht stören«. Pita verdrehte die Augen. »Die sind beim Frühstück und wollen nicht, dass wir hier drin sind, wenn sie zurückkommen.«

Sie gingen weiter zur Dreihundertzehn. Pita klopfte an. *»Housekeeping!«*

Keine Antwort. Sie nahm den Passepartout aus

der Schürzentasche und schloss auf. »Nichtraucherzimmer«, sagte sie verächtlich und schnupperte. Das Zimmer stank nach kaltem Rauch. Auf dem ungemachten Bett lagen Kleider, feuchte Frottiertücher und eine Zeitung. Ein offener Rollkoffer stand auf einem Klappgestell. Zuoberst zwei frische Hemden, drapiert mit gebrauchten Unterhosen und Socken. Auf dem Schminktisch ein Laptop, daneben ein Zahnglas mit Asche und Stummeln, zwei leere Miniwhiskys und eine leere Erdnusspackung.

Pita öffnete beide Fenster und ging ins Bad. Dort bot sich ein ähnliches Bild: Frottiertücher auf dem Boden, eine große Pfütze neben der Badewanne, zwei Zigaretten in der Seifenschale. Sie ging zur Toilette und betätigte die Spülung. *»Cerdo«*, murmelte sie, Schwein.

María öffnete das Fenster. *»Gracias«*, sagte Pita. Dann reichte sie ihr ein Paar Gummihandschuhe und zog sich selber welche an. Sie deutete auf die Badewanne. »Zuerst mit der Dusche die Haare runterspülen, dann damit.« Sie überreichte ihr ein Putzmittel. Danach kniete sie sich vor die Toilettenschüssel und begann, sie zu reinigen.

»Noch nie in einem Hotel geputzt, *vecina*?«

»Geputzt schon, aber noch nie in einem Hotel.«

»Privat ist nicht so schlimm.«

»Ich habe mal für einen Russen gearbeitet. Der war noch schlimmer als der hier«, erzählte María.

Beide putzten.

»Manchmal wünscht man sie zum Teufel«, sagte Pita.

»Der Russe ist bereits beim Teufel.«

»Gestorben?«

»Umgebracht.«

»¡Madre mía del Cielo!« Heilige Mutter Gottes!

»Und schuldet mir noch Lohn.«

»Son los peores«, das sind die Schlimmsten.

María war jetzt fertig mit der Badewanne und wollte sich das Waschbecken vornehmen.

»Tu mir einen Gefallen, *vecina*: Wenn du hinausgehst, hat es schräg gegenüber zwei Türen. Hinter der rechten ist die Wäschekammer. Dort findest du Leintücher und Bettbezüge. Wir müssen das Bett von diesem Ferkel neu beziehen.«

Es waren zwei Türen. Auf der einen stand »Privat«, auf der anderen stand nichts. María wählte die unbeschriftete und betrat einen Raum, der nach frischer Wäsche roch. In den Schränken lagen Stapel von Bettwäsche, alle mit vergilbten Schildchen angeschrieben. Sie nahm ein »Unterleintuch Doppel« und ein »Oberleintuch Doppel«, zwei »Kopfkissen groß«, zwei »Kopfkissen klein« und eine »Bettdecke Doppel« und verließ den Raum.

Als sie die Tür schloss, fiel ihr Blick wieder auf das »Privat« an der Nebentür. Sie öffnete sie und sah einen kurzen Korridor und eine Treppe. María sah sich um und stieg die paar Stufen hinauf zum ersten Absatz. Dort ging die Treppe in einem rechten Winkel weiter. Sie nahm noch ein paar Stufen, bis sie das Ende der Treppe sah. Dort befand sich ein kleiner Vorraum zu einer seltsamen Tür. Sie hatte keine geschwungenen Füllungen und Messingklinken wie die anderen Türen im Haus. Sie war aus Stahl, hatte einen Türspion und statt einer Klinke einen starren Griff. Sie sah aus wie der Eingang zu einem Tresorraum.

Sie ging zurück, die Treppe hinunter. Auf dem kurzen Korridor kam ihr Pita entgegen. *»¿Pero qué estás haciendo?«*

»Falsche Tür«, antwortete María.

Pita warf einen Blick auf das Bettzeug, das María trug. »Da darfst du nicht rauf.«

»Was ist dort?«

»Die vierte Etage. Gehört nicht mehr zum Hotel.«

»Und wer wohnt dort?«

»*La dueña*, die Besitzerin.«

Sie brauchten mehr als dreißig Minuten für die Dreihundertzehn, doppelt so lange wie für ein anständiges Zimmer, wie Pita es nannte.

Beim Betreten der Dreihundertdrei bekreuzigte sich Pita.

»*¿Qué pasa?*« Was ist los?

»Das Zimmer eines Toten«, erklärte Pita und erzählte vom plötzlichen Ableben von Don Hardy.

»*Una muerte discreta*«, sagte María.

Sie befanden sich in einem Wohnzimmer. Die Einrichtung war zusammengewürfelt aus Hotelmobiliar und Möbeln, denen man ansah, dass sie ihren Besitzer ein bewegtes Leben lang begleitet hatten. Da war eine schwarze, mit Messingbeschlägen verzierte chinesische Kommode, ein bemaltes marokkanisches Couchtischchen, ein mächtiger englischer Mahagonischreibtisch und ein chinesischer Paravent aus brüchiger Seide.

Auf sämtlichen Ablageflächen standen Nippes aus aller Welt, und an den Wänden hingen Fotos, die den verstorbenen Bewohner des Zimmers als jungen, als reifen, als älteren und als alten Mann zeigten. Auf Reisen, bei Festen und mit wechselnden Begleiterinnen. Er war in seinen besten Jahren ein gutaussehender, eleganter Mann gewesen.

Es roch seltsam, wie in einem längst verlassenen Haus.

Eine Tür führte in ein unbenutztes Bad, eine andere ins Zimmer dreihundertzwei. Es war abgedunkelt, aber durch einen Spalt zwischen den Vorhängen fiel ein Streifen Licht aufs Bett. Als wäre der Tote dort aufgebahrt. Es roch muffig, wie die Haufen der Kleidersammlungen aus Europa an den kolumbianischen Verkaufsständen, in denen María Moreno früher nach Tragbarem gewühlt hatte.

Pita machte Licht. Das Kopfteil des Bettes war hochgeklappt, am Fußende stand ein überdimensionierter Flachbildschirm. Die gleiche Hotelsitzgruppe wie im Nebenzimmer wurde hier ergänzt durch einen schweren orientalischen Diwan.

Auch hier Fotos an den Wänden, dazwischen ein paar kleine Ölbilder, Zeichnungen und Aquarelle. Über dem Bett hing ein goldgerahmtes Foto einer weißen Vase mit Blumen vor dunklem Hintergrund.

Pita ging ins Bad und machte Licht. María folgte ihr.

Rasierzeug, Kamm, Bürste, Zahnbürste, Zahnpasta, alles war da, als könnte der Gast jederzeit vom Frühstück zurückkommen. Der Korpus neben dem Waschbecken war belegt mit Tablettenschachteln, Salben und Tinkturen. An einem Haken an der Tür hing anstelle des weißen Hotelbademantels ein privater, weinrotblaugestreifter. Es roch nach einer scharfen altmodischen Seife mit einer starken Kampfernote.

Alles war sauber und aufgeräumt.

Pita löschte das Licht im Bad und das im Schlafzimmer. *»Sólo controlando«*, erklärte sie, nur zur Kontrolle.

Vor dem Verlassen des Wohnzimmers drehte sich Pita noch einmal um. *»Da miedo, ¿no?«*, sagte sie, bevor sie auch hier das Licht löschte und die Tür schloss.

Pita ging voraus mit dem Putzwagen, María folgte ihr mit dem Staubsauger.

Die Tür der Suite dreihundertzwölf wurde geöffnet. Heraus kam ein Herr in einem gutsitzenden mausgrauen Flanellanzug. »Guten Morgen«, wünschte Pita. »Guten Morgen«, sagte auch María Moreno.

Das »Señor John« ließ sie weg.

15

María sah gut aus mit ihrem zur Banane hochgesteckten, teerschwarzen Haar und der schwarzsatinierten Uniform. Sie spazierte mit dem Staubsauger im Schlepptau durch den Korridor, als hätte sie schon immer hier gearbeitet. Sie hatte Allmen gegrüßt wie einen Fremden, und er hatte den Gruß ebenso erwidert.

Am Tag zuvor hatte Cheryl Talfeld etwas lustlos eingewilligt, dafür zu sorgen, dass eine Mitarbeiterin von Allmen International Inquiries als Undercoveragentin zum Hotelpersonal stoßen konnte.

»Madame Gutbauer und ich sind von sehr diskreten Nachforschungen ausgegangen«, hatte sie eingewandt. »Wir wollten den Kreis der Eingeweihten möglichst klein halten.«

Allmen betrat die Empfangshalle und steuerte auf den Tresen des Concierge zu. Herr Klettmann telefonierte, aber als er Allmen kommen sah, legte er auf.

»Guten Tag, Herr von Allmen. Was kann ich für Sie tun?«

»Ich bitte Sie ungern um diesen Gefallen, ich weiß, er widerspricht Ihrem Diskretionsgebot. Aber könnten Sie mir vielleicht die Telefonnummer von Herrn Freys Großneffen geben? Ich habe ein paar Fragen im Zusammenhang mit meinen Abklärungen.«

Herr Klettmann legte seinen Kopf noch etwas weiter in den Nacken, damit er Allmen besser ins Auge fassen konnte. »Ich wäre Ihnen gerne behilflich«, versicherte er, »aber wir können ihn selbst nicht erreichen. Wir möchten nämlich gerne von ihm wissen, was wir mit den Dingen in der Suite von Herrn Frey tun sollen.«

»Er nimmt nicht ab?«

»Wir haben keine Telefonnummer.«

Allmen stutzte. »Wie haben Sie ihn denn an jenem Abend erreicht, um ihn zu benachrichtigen?«

»Das waren nicht wir.«

»Wer dann?«

Herr Klettmann zuckte mit den Schultern, und Allmen notierte sich, das Research Department von Allmen International Inquiries mit Nachforschungen zu beauftragen. Dann begab er sich zum Frühstück und ließ sich an den Tisch geleiten, der bereits sein angestammter war.

Die asiatische Mutter und ihre Tochter – Taiwanerinnen, nach Auskunft von Herrn Klettmann – saßen ebenfalls an dem Tisch vom vorletzten Abend. Und auch die alten Schwestern befanden sich an ihrem Stammplatz. Er nickte ihnen zu. Die Dünne nickte indigniert zurück, die Mollige lächelte. Das brachte ihr einen offensichtlich gehässigen Kommentar ihrer Schwester ein und ihm ein trotziges zweites Lächeln.

Frau Gondrand-Strub war ihr Name, ihre Schwester war Fräulein Strub. Auf dem »Fräulein« bestand sie, hatte Klettmann ihm erklärt und ihm ein wenig Hintergrund zu den beiden geliefert: Allmen hatte richtig geraten, die beiden waren Dauergäste. Seit beinahe neun Jahren, also länger als Herr Frey. Sie bewohnten drei Zimmer mit Verbindungstüren in der ersten Etage. Das mittlere diente als gemeinsamer Salon, die beiden anderen als Schlafzimmer.

Finanziert wurde das alles von Frau Gondrand-Strub, hatte der Concierge ihm anvertraut. Sie war die Witwe von Max Gondrand, einem Metallbauer, der mit der Herstellung von Fertiggaragen ein Vermögen gemacht hatte.

Allmen war kein Freund von Frühstücksbüfetts. Er bestellte lieber. Heute ein Kräuteromelett, es war Samstag. Dazu eine Portion Milchkaffee und ein Croissant mit Butter und Honig. Doch als er das Bestellte gegessen hatte, ging er dennoch zum Büfett und wählte ein paar Früchte aus. Er brauchte einen Vorwand, um am Tisch der beiden alten Damen vorbeizugehen.

Auf dem Hinweg wünschte er guten Appetit.

Auf dem Rückweg blieb er am Tisch der Schwestern stehen und sagte zu Frau Gondrand-Strub: »Ich weiß nicht, ob Sie sich an meinen Vater erinnern, aber er hatte Ihren Mann recht gut gekannt.«

Sie schaute überrascht zu ihm auf. »Ach ja? Wie heißt er denn?«

»Hieß. Mein Vater ist schon siebzehn Jahre tot. Allmen hieß er. Jakob Franz von Allmen. Köbi unter Freunden.« Er sprach es aus mit unbetontem »von«, wie ein Adelsprädikat.

Die alte Dame dachte angestrengt nach.

»Sie hatten geschäftlich miteinander zu tun, mein Vater war in der Immobilienbranche, unter anderem. Wir besaßen selbst eine Gondrand-Garage auf einem unserer Anwesen. Mit automatischem Tor. Hat mir einen unauslöschlichen Eindruck gemacht. Bitte verzeihen Sie die Belästigung.«

Er machte Anstalten weiterzugehen. Aber Frau Gondrand hatte angebissen. »Möchten Sie sich nicht einen Moment zu uns setzen?« Sie wies auf den einzigen der freien Stühle, auf dem keine Handtaschen lagen.

Allmen setzte sich und ignorierte das kaum unterdrückte Schnauben der dünnen Schwester. Er erzählte von seinem Vater, Frau Gondrand erzählte von ihrem Mann, und Allmen hätte sich nicht gewundert, wenn ihre Geschichten genauso erdichtet gewesen wären wie seine.

Es dauerte eine ganze Weile, bis Allmen eine Gelegenheit fand zu sagen: »War das nicht schrecklich mit dem armen Herrn Frey? Haben Sie ihn gut gekannt?«

Die Schwestern wechselten einen Blick. Es war Fräulein Strub, die antwortete. »Wir hatten kaum Kontakt.« Sie sagte es so, als wäre es bedenklich gewesen, mit ihm Kontakt zu haben.

»Nach all den gemeinsamen Jahren im selben Hotel?«

»Es waren keine gemeinsamen Jahre«, widersprach sie. »Hotels sind unpersönlich. Man hat mit den anderen Gästen keinen Umgang, wenn man nicht will. Und wir wollten nicht. *C'est tout.*« Das unerwartete »*C'est tout*« machte sie noch gouvernantenhafter.

Für Frau Gondrand-Strub war das erklärungsbedürftig: »Hardy Frey besaß, wie soll ich sagen, einen etwas zweifelhaften Ruf.«

»Ein *Glünggi*«, warf ihre Schwester dazwischen.

»Du übertreibst.« Und wieder zu Allmen: »Ein Frauenheld. Vorbestraft und in der Halbwelt zu Hause. Er musste sich ins Ausland absetzen und verbrachte dort sein halbes Leben.«

»Und seinen einsamen Lebensabend hier«, fügte Allmen nachdenklich hinzu. »Mit niemandem außer seinem Großneffen.«

Wieder übernahm Fräulein Strub die Antwort. »Dem Erbschleicher«, ergänzte sie giftig.

»Ich weiß nicht. Wenn er ein Erbschleicher wäre, hätte er die Suite doch längst geräumt«, widersprach Gondrands Witwe.

»Meine Schwester hat es nämlich auf seine Suite abgesehen, Herr von Allmen. Sie kann es kaum erwarten, bis sie frei wird.«

»Sie liegt im Dritten und geht nach hinten raus«, erklärte Frau Gondrand. »Und wenn wir noch die

Dreihundertzwei für dich dazunehmen, haben wir die gleiche Situation wie bisher. Nur schöner, größer und ruhiger.«

»Aber von einem Toten.«

»Die meisten Leute, die in den letzten hundertzwanzig Jahren im Schlosshotel gewohnt haben, sind heute tot.«

»Aber die haben wir nicht gekannt.«

16

Das Research Department von Allmen International Inquiries saß im Overall in seiner Mansarde vor dem Computer und stellte Nachforschungen an. Carlos hatte versucht, Don John auf den freien Nachmittag zu vertrösten, aber sein Patrón bestand darauf, dass er wieder einmal für seinen Gelegenheitsjob als Detektiv den sicheren Halbtagsjob als Gärtner und Hauswart aufs Spiel setzte.

So hatte er den Aufsitzmäher hervorgeholt, zwei Bahnen gemäht und ihn dann in der Aussicht der Partnerbüros von K, C, L & D stehenlassen, als wäre er nur schnell mal was holen gegangen.

Hardy Frey hatte im Internet keine Spuren hinterlassen. Carlos stieß zwar auf ein paar Leute dieses Namens, aber keiner von ihnen konnte etwas mit dem alten Mann im Schlosshotel zu tun haben.

Tenz hingegen war im Internet vertreten. Es gab zwar keinen Eintrag dieses Namens im Telefonbuch, und auch die Adresse, die auf der Gästeliste des Schlosshotels stand, stimmte nicht. Aber der Name tauchte im Zusammenhang mit mehreren Firmen auf, alle konkurs, aufgelöst oder in Liquidation.

Carlos fand auch einen kurzen Lebenslauf von Tenz auf der Homepage einer dieser Firmen. Sie hieß SECURTOTAL AG, und ihr Firmenzweck war Import, Vertrieb, Verkauf, Installation und Unterhalt von Alarmanlagen. Auf der Seite »Management« figurierte er mit Foto als Hauptaktionär und CEO. Sein Lebenslauf verwies auf eine eindrückliche Laufbahn als Unternehmer und Investor. Eine Kontaktadresse fand Carlos nicht, aber wenigstens wusste er jetzt, wie Tenz aussah.

Die Bildsuche im Internet war ergiebiger. Claude Tenz tauchte auf verschiedenen Fotos von Halbprominenten auf, immer lachend, prostend oder umarmend. Auf vielen davon zusammen mit einem gewissen Tino Rebler.

Rebler war eine schillernde Figur: Bauunternehmer, Immobilienhändler, Besitzer mehrerer Nachtlokale, Präsident eines Fußballclubs der zweiten Liga.

Es wurden ihm Beziehungen zur Unterwelt nachgesagt, aber nie bewiesen.

Es war nicht schwer, eine Telefonnummer von Tino Rebler zu finden, allerdings nur eine geschäftliche. Er besaß eine Firma, die Rebler+Rebler AG.

Carlos rief an, meldete sich mit seinem richtigen Namen, Carlos de Leon, und wünschte in seinem mittelamerikanischen Deutsch, den Señor Rebler zu sprechen.

Für die Telefonistin waren Anrufer mit diesem Akzent offenbar nichts Ungewöhnliches. Sie fragte lediglich: »Worum handelt es sich?«

»Privat.«

»Moment.«

Kurz darauf meldete sich Rebler. »Ja?«

»*Buenos días*, ich bin ein Bekannter von Claude Tenz.«

»Ach, Claude. Wie geht es ihm?« Rebler klang aufgeräumt.

»Eben, das weiß ich nicht. Ich bin auf der Durchreise und wollte ihm hallo sagen. Aber er scheint umgezogen zu sein. Haben Sie seine neue Adresse?«

Die Stimme wurde sofort distanziert. »Tut mir leid, da kann ich Ihnen nicht helfen«, sagte Rebler und legte auf.

Carlos ging zurück zum Aufsitzmäher und setzte seine Arbeit fort. Der Wind kam von Norden; wenn er eine Südbahn mähte, blies er ihm den Geruch von geschnittenem Gras und Abgas in die Nase. Deshalb fuhr er die Südbahnen etwas schneller. Für die Nordbahnen drosselte er die Geschwindigkeit und dachte nach.

Sein Stolz ließ es in der Regel nicht zu, einen Auftrag seines Patróns nicht zu erfüllen. Aber bei Tenz war er mit seinem Latein am Ende. Die einzige brauchbare Spur führte über Rebler. Und bei dem schien er an seine Grenzen gestoßen zu sein. In diesen Kreisen konnte ein papierloser Guatemalteco nichts ausrichten. Tino Rebler war ein Fall für Don John.

Carlos drosselte den Motor, zog den Zündschlüssel heraus und kehrte zurück zum Gärtnerhaus. Er rief Allmen auf seinem Handy an und lieferte einen mündlichen Bericht ab. Dann ging er zurück zu seinem Mäher.

17

Carlos' Anruf erreichte Allmen in einem schlechten Moment. Er saß etwas ratlos im abgewohnten Salon seiner Suite vor den Listen mit den Namen der Gäste, die er kontaktieren und befragen sollte. Er wusste nicht, wo anfangen und wie vorgehen.

Und selbst wenn er es gewusst hätte: Die Arbeit missfiel ihm.

Solche breitangelegten Überprüfungen und Befragungen waren Aufgaben, die jemand in seiner Position sonst delegierte. Die Gründung von Allmen International Inquiries war nicht dem Wunsch nach einer Arbeit entsprungen, sondern dem Wunsch nach einem Einkommen.

Die Zeit nach dem Frühstück mit den beiden ungleichen Schwestern hatte er mit dem dritten Dauergast verbracht, der seltsamen Teresa Cutress.

Teresa Cutress lebte seit vier Jahren im Schlosshotel. Sie war Schweizerin, hatte aber den größten Teil ihres Lebens in den USA verbracht. Sie ließ sich alle Mahlzeiten in ihrer Suite in der zweiten Etage servieren und wurde nie in den Gemeinschaftsräumen des Hotels gesehen.

Das alles war noch kein Hinweis darauf, dass Teresa Cutress zum Kreis der Verdächtigen gehören könnte. Aber der guten Ordnung halber fragte Allmen doch, ob sich ein Treffen arrangieren ließe. Der guten Ordnung halber und aus Neugier. Die Frau hatte etwas Geheimnisvolles, und Allmen liebte Geheimnisse.

Teresa Cutress empfange normalerweise niemanden, hatte ihm der Concierge erklärt, aber hinzugefügt: »Es sei denn, sie kommen von ganz oben.«

Allmen versicherte sich, dass er es richtig verstanden hatte. »Aus dem Vierten?«

»Mindestens«, grinste Klettmann.

Allmen hatte Cheryl Talfeld angerufen, und diese hatte ihm einen Termin in einer Stunde vorgeschlagen.

Er hatte sich in seine Suite zurückgezogen und eine Flasche Champagner bestellt. Nicht, weil er eine Flasche trinken wollte, einfach, weil er Minibars verachtete und den Roomservice nicht wegen einer einzigen Flûte belästigen wollte. Eine ganze Flasche, fand er, kann man immer bestellen. Man muss sie ja nicht austrinken.

Aber als Carlos' Anruf kam, war Allmen beim dritten Glas.

Was ihm das Research Department zu melden hatte, war nicht dazu angetan, seine Stimmung zu bessern. Carlos hatte nichts über Hardy Frey herausgefunden, und sein Großneffe war unauffindbar.

Er legte auf und brütete vor sich hin.

Wenigstens gab es die Spur »Tino Rebler«. Der Name war ihm ein Begriff, und dem Mann war er in seinem früheren Leben sogar begegnet. Er wusste nicht mehr, wo. Bei irgendeinem Anlass. Vielleicht sogar bei einem eigenen, als Allmen in der Villa Schwarzacker noch Empfänge und Partys gab. Rebler besaß zwar schon damals keinen guten Ruf, doch die Begleiter seiner Gäste konnte man sich nicht immer aussuchen. Gut möglich, dass er einmal in der Villa Schwarzacker gewesen war. Noch wahrscheinlicher, dass Allmen ihm bei irgendeinem anderen Event begegnet war.

Aber das alles war viel zu vage, als dass sich daraus ein Anknüpfungspunkt für einen Kontakt zu Rebler ergeben würde. Er brauchte einen direkteren Draht. Und vor allem: einen aktuelleren.

Allmen nippte an seinem Kelch und starrte an die Decke. Auf der Stukkatur hatte sich eine graue Schicht aus Staub und Nikotin angesetzt und ließ die Reliefs, Profile und Friese deutlicher hervortreten, als es der Kunst des Stukkateurs bekam.

Er schloss die Augen und versuchte, sich an die Akteure aus jener Zeit zu erinnern. Die Prominenten und Halbprominenten, die Reichen und Möchtegerne, die Bedeutenden und Mitläufer, die Hautevolee und die Parvenüs.

Remo di Gioya! Das schlaffe Gesicht des etwas halbseidenen, aber amüsanten Partylöwen hatte sich unter die Gesellschaft gemischt.

Allmen öffnete die Augen. Wenn einer ihn bei Rebler einführen konnte, dann Remo. Aus jener Zeit war er einer der wenigen, mit dem Allmen noch regelmäßig Kontakt hatte. Vielleicht, weil er in einer ähnlichen Situation war wie Allmen: mehr Ansprüche als Mittel.

Er nahm sein Handy aus der Brusttasche und wählte Remos Nummer. Der hatte offenbar ebenfalls die von Allmen gespeichert und begrüßte ihn mit: »John, geht's gut?«

»Ja, dir auch nicht, nehme ich an.«

Sie plänkelten in diesem Stil ein wenig weiter, bis Allmen zur Sache kam.

»Tino Rebler?«, sagte di Gioya. »Den triffst du bestimmt bei der Eröffnung des Snow White. Er hat dort die Aktienmehrheit.«

»Wann ist die?«

»Morgen.«

»Gehst du?«

»Hatte es nicht vor.«

»Jetzt schon. Ich hol dich ab. Wann?«

Es dauerte eine Weile, bis di Gioya die Einladung fand. »Ab zweiundzwanzig Uhr, steht da. Hol mich so um elf.«

Sie verabschiedeten sich, und Allmen machte sich auf zur Suite zweihundertzwölf, direkt unter ihm.

»Come in«, rief eine hohe Stimme.

Allmen betrat die Suite. Die Vorhänge waren zugezogen und drei Tischlampen so placiert, dass sie ihr weiches Licht auf die Frau warfen, die im mittleren von drei Polstersesseln saß. Sie wies auf einen Biedermeierstuhl an der Wand und sagte: »Holen Sie sich den, und setzen Sie sich.«

Es roch nach Parfum und Zigaretten.

Allmen gehorchte. Nicht nur ihre Stimme war kindlich, auch ihr Gesicht war das eines jungen Mädchens. Nur nicht so lebendig. Und ihre Hände waren fünfzig Jahre älter als das Gesicht, das sich ihm jetzt zuwandte. Abwartend oder ermunternd oder kritisch? Es fiel ihm schwer, in diesem Gesicht ohne Mimik zu lesen.

»Danke, dass Sie mich empfangen. Mein Name ist Allmen. Johann Friedrich von Allmen. Ich führe im Auftrag einer Versicherung eine Sicherheitsanalyse des Hotels durch, und da ist die Meinung der Dauergäste natürlich besonders interessant.« Er reichte ihr eine der Geschäftskarten ohne den Slogan *»The Art of Tracing Art«*, aber sie lehnte sie mit einer saloppen Handbewegung ab.

»Die werden ja immer weniger, die Dauergäste«, bemerkte sie ohne die Spur eines Lächelns. Teresa Cutress sprach Schweizerdeutsch mit amerikanischem Akzent.

»Haben Sie Herrn Frey gut gekannt?«, fragte er mitfühlend.

»Ach … Wann kennt man einen Menschen? Und wann gut?«

»Aber Sie kannten ihn«, stellte er fest.

»Ich weiß es nicht. Hat das etwas mit der Sicherheit des Hauses zu tun?«

»Nein, das nicht. Es war nur eine Frage. Sie brauchen sie natürlich nicht zu beantworten.«

»Jeder Todesfall geht einem nahe, wenn er in der Nähe passiert, nicht wahr? Waren Sie auch hier, als es passierte?«

»Sozusagen am Nebentisch.«

»Ach, Sie haben es gesehen?«

»Nein. Niemand hat es gesehen. Erst danach. Als er nicht mehr reagierte.«

»So still ist er gestorben? Sonst nicht seine Art.«

»Sie haben ihn also doch besser gekannt.«

Teresa Cutress zeigte zur Decke. »Dort oben kannte man ihn am besten.« Sie öffnete eine silberne Dose und fischte eine Zigarette heraus. Allmen stand auf, ging zu ihr und gab ihr Feuer. Sie deutete auf den Sessel neben sich. »Setzen Sie sich hierher. Dann höre ich Sie besser.«

Allmen setzte sich und nahm die Fährte wieder auf, solange sie noch frisch war. »Wie standen Madame Gutbauer und Herr Frey zueinander?«

Sie nahm einen tiefen Zug aus der Kent und hielt die alte Hand mit der Zigarette unter dem jungen Gesicht in der Schwebe. Sie zitterte fast unmerklich.

Der rote Nagellack war wie bei Dalia Gutbauer perfekt auf den Lippenstift abgestimmt. »Wie Mann und Frau.«

Als sie Allmens Überraschung sah, fügte sie hinzu: »Einst.«

»Wann?«

»Ach, das ist fast nicht mehr wahr.«

»In den sechziger Jahren?«, riet er.

»Fragen Sie sie selbst. Oder ist es relevant für die Sicherheit des Hotels?« Zum ersten Mal glaubte er, den Anflug eines Lächelns zu entdecken.

»Nein, natürlich nicht. Meine Neugier ist rein romantischer Natur.«

»Soso, Sie sind Romantiker.«

»Sind wir das nicht alle?«

»Ach, wissen Sie, wenn man so viele Jahre gelebt hat …«

»Allzu viele können es nicht sein«, widersprach Allmen charmant und fühlte sich ein bisschen billig.

»Ich spreche von Dalia«, korrigierte sie ihn, »sie ist bald hundert.«

»Natürlich. Kennen Sie sich auch von früher?«

»Wir sind uns begegnet …«, antwortete sie vage. »Möchten Sie mir jetzt Ihre Fragen zur Sicherheit stellen?«

Allmen nahm sich den Fragebogen vor, den er

mit Carlos vorbereitet hatte. »Ist Ihnen in der Zeit, in der Sie hier wohnen, schon einmal etwas abhandengekommen?«

»Nein. Mir nicht.«

Er sah auf. »Aber jemand anderem?«

»So hört man.«

»Wem? Was?«

Wieder deutete sie zur Decke.

»Madame Gutbauer? Erzählen Sie.«

»Ein Bild.«

Zum zweiten Mal überraschte sie Allmen. »Ach. Ein wertvolles?«

»Dalia ist eine der reichsten Frauen des Landes. Sie besitzt keine wertlosen Bilder.«

»Wann war das?«

»Jetzt. Vor ein paar Tagen.« Teresa Cutress drückte ihre Zigarette aus. »Dass Sie nichts davon wissen! Als Sicherheitsexperte.«

»Hat man einen Verdacht?«

»Man? Keine Ahnung. Ich schon.«

»Haben Sie ihn der Polizei mitgeteilt?«

»Die Polizei ist nicht involviert.«

»Weshalb nicht?«

Wieder deutete der krumme Zeigefinger nach oben. »Geheim.«

»Und weshalb wissen Sie davon?«

»Geheim.«

Es klopfte. »Um diese Zeit nehme ich einen Drink. Leisten Sie mir Gesellschaft?«

»Vielen Dank. Ich trinke am Nachmittag keinen Alkohol.«

»Außer Champagner.«

Die dritte Überraschung, die ihm Teresa Cutress bereitete. Noch bevor er antworten konnte, sagte sie:

»Wenn man ein Leben geführt hat wie ich, erkennt man eine Champagnerfahne.«

18

Marías Schicht dauerte von sechs bis vierzehn Uhr dreißig mit einer Stunde Mittag. Sie hatte sie so gewählt, weil sie auf diese Weise ihre Nachmittagskundschaft behalten konnte. Um fünfzehn Uhr – nur eine Stunde später als sonst – war sie zur Stelle und absolvierte ihre vier Stunden Putzdienst.

Die acht extra Arbeitsstunden im Schlosshotel waren ja nur ein Job auf Zeit, und die zusätzlichen zweihundert Franken am Tag waren in Kolumbien ein Monatsgehalt und ein willkommener Beitrag zu den tausend Franken, die sie jeden Monat überwies.

Aber jetzt, wo sie zielstrebig durch den fast dunklen Park der Villa Schwarzacker ging, war sie hungrig und hundemüde. Ihr Lieblingskoch, Carlos, hatte ihr bestimmt eines seiner kleinen guatemaltekischen Abendessen bereitgestellt. Wie immer würde er es in der Küche essen wollen, obwohl Señor John nicht zu Hause war.

Das Gärtnerhäuschen lag dunkel da, nur in der Mansarde sah sie Licht. Sie betrat das kleine Vestibül. Es roch nicht nach Essen. »Carlos?«, rief sie.

»*¡Aqui!*«, antwortete er.

Sie stieg die Treppe hinauf. Die Tür zu seiner Mansarde stand offen, und sie sah ihn an seinem Tisch vor dem Computer sitzen. Das Bett war übersät mit Computerausdrucken.

Er sah kurz auf, lächelte, hob bedauernd die Hände und sagte: »*Disculpe*, verzeih.«

María seufzte, gab ihm einen Kuss und schob die Ausdrucke ein wenig zusammen, damit sie sich aufs Bett legen und die Füße hochlagern konnte.

Fast alle Prints zeigten Gesellschaftsfotos aus den fünfziger Jahren. Bälle, Empfänge, Gartenfeste, Premierenfeiern, Pferderennen. Auf fast allen war dieselbe Frau zu sehen, immer elegant, fast immer strahlend. Bei ihr verschiedene Männer, Frauen und Paare. Carlos hatte sie mit Filzstift markiert. Bei der Frau stand immer DG, bei den anderen wechselnde Namen.

»*¿Quién es?*«, fragte María Moreno.

»Madame Gutbauer.«

Auf einem der Fotos war neben Dalia Gutbauer ein sehr junges Mädchen eingekreist und mit einem Frage- und einem Ausrufezeichen versehen. Die Bildlegende war gehighlighted: »Frau Dalia Gutbauer mit der Debütantin Theres Schneydter beim Zooball.«

Dalia hatte den Arm um die bloßen Schultern des jungen Mädchens gelegt. Beide strahlten in die Kamera.

»Und sie?«, fragte María.

»Der Vorname, Theres. Ähnlich wie Teresa. So heißt ein Dauergast des Hotels. Teresa Cutress.«

»Die Zweihundertzwölf, ich weiß.«

Ein anderes der Fotos weckte ihr Interesse. Es zeigte Dalia Gutbauer am Arm eines gutaussehenden Mannes im Smoking. »DG *con* Leo Taubler«, hatte Carlos dazugeschrieben.

»Este señor«, sagte María, »sieht aus wie der verstorbene Gast, als er jung war.«

»Weshalb weißt du, wie er aussah, als er jung war?«

»Sein Zimmer ist voller Fotos. Auf einigen ist dieser Mann. Aber ich bin mir nicht ganz sicher.«

»Dann nimm es morgen mit, und vergleiche es.«

Sie schob die restlichen Dokumente zur Seite. Dabei kam das Schwarzweißfoto eines Gemäldes zum Vorschein. Es zeigte einen Blumenstrauß in einer hellen Vase.

»Auch davon hängt ein Foto im Zimmer des Toten«, stellte María fest.

Carlos sah vom Bildschirm auf, um zu sehen, wovon sie sprach. Er sagte: »Es ist das gestohlene Bild.«

19

Er schlief noch tief, als es klopfte.

Allmen drehte sich um und schimpfte leise auf die Unsitte des Housekeepings sämtlicher Hotels dieser Welt, an jede Tür zu klopfen, an der nicht »Bitte nicht stören« hing.

Er hatte am Vorabend Teresa Cutress doch noch bei ein paar Caipirinhas Gesellschaft geleistet. Sie hatte sich bei aller Überspanntheit als sehr lustige Gesellschafterin entpuppt, die mit jedem Schluck ein wenig selbstironischer wurde.

Aber es klopfte wieder. Er knipste die Lampe an, nahm seine IWC vom Nachttisch, versuchte, seine Augen auf das schwarze Zifferblatt zu fokussieren. Sieben Uhr. Ungefähr, denn die Uhr ging nicht sehr genau. Er hätte sie längst zu seinem Uhrmacher bringen sollen, aber Allmen war es wichtiger, wie eine Uhr aussah, als wie genau sie ging. Und diese sah gut aus. Er hatte sie von seinem Vater geerbt, einem nicht sehr geschmackssicheren Mann. Dass der dennoch in den letzten zwei Jahren seines Lebens diese schöne IWC Ingenieur getragen hatte, lag daran, dass er sie von seinem Sohn zum Sechzigsten geschenkt bekommen und selber bezahlt hatte.

Der *early morning tea* konnte es nicht sein, der war erst auf acht Uhr dreißig bestellt. Allmen löschte das Licht wieder und drehte sich auf die Seite. Nach seiner reichen Hotelerfahrung würde es noch ein drittes Mal klopfen. Wenn er sich dann nicht bemerkbar machte, würde die Tür aufgehen und ein Zimmermädchen scheinheilig »oh, Verzeihung« ausrufen und wieder verschwinden.

Aber es klopfte nicht mehr. Er hörte das Türschloss, dann Schritte im Salon und eine Stimme, die sagte: »*Disculpe*, Señor John.«

Es war María Moreno. Er setzte sich auf und sah sie in der Tür zum Schlafzimmer stehen. »*Disculpe la molesta*«, sagte sie noch einmal, »Verzeihen Sie die Störung, aber es ist dringend. Ich muss Ihnen etwas zeigen.«

»Wo?«

»In der Suite des verstorbenen Gastes. *¡Vengase!*, bevor Pita zurückkommt«, drängte sie.

Allmen stand auf und ging ins Bad. Er wusch sich das Gesicht, putzte die Zähne und kämmte sich.

So dringend konnte keine Sache der Welt sein, dass er dafür nicht die Zeit hatte. Vor allem nicht, wenn es am Abend ein wenig spät geworden war.

Als er aus dem Bad kam, trug er einen seidenen Morgenmantel und einen Schal im Pyjama-Ausschnitt. María Moreno wartete ungeduldig.

Sie überquerten den Gang und betraten Freys Suite. Als Erstes nahm Allmen einen Geruch wahr, den er kannte. Aber was war es?

Der übermöblierte Wohnraum musste gemütlich gewesen sein, als er noch bewohnt war. Aber jetzt sah er aus wie ein Filmset nach dem Dreh. Die Möbel, Bilder und Nippes wirkten kalt und seelenlos. Das durch eine hellgraue Hochnebeldecke gefilterte Tageslicht leuchtete den Raum schattenlos aus. Im Schlafzimmer herrschte die gleiche Stimmung. Ein seiner Geheimnisse beraubter Raum, nüchtern und banal.

María deutete auf das gerahmte Foto über dem Bett. »¡*Las Dalias desaparecidas*, die verschwundenen Dahlien!«

Allmen ging näher an das Bild heran. Es war die gleiche Schwarzweißfotografie des Gemäldes, das Carlos im Internet gefunden hatte.

Er setzte sich in den Polstersessel neben dem Bett, über dessen Rückenlehne noch immer zwei Kleidungsstücke gelegt waren. Ein Unterhemd und ein gestreiftes Hemd mit noch geknoteter Krawatte und Manschettenknöpfen. Was hatte Hardy Frey mit den Dahlien zu tun?

Aber María Moreno war noch nicht fertig. *»Hay más sorpresas«*, sagte sie, es gibt noch mehr Überraschungen. Sie hielt ihm den Ausdruck von Dalia Gutbauer und Leo Taubler unter die Nase. »Kommen Sie«, befahl sie.

Er stand auf und folgte ihr. Im Salon führte sie ihn zu einer mit Fotos behängten Wand. Eines der Bilder zeigte denselben Mann. Zwar nicht im Smoking, sondern im Straßenanzug an einen Sportwagen gelehnt, einen Wartburg aus den fünfziger Jahren, falls Allmen sich nicht täuschte.

Kein Zweifel: Hardy Frey und Leo Taubler waren ein und dieselbe Person.

Als er den Salon verließ, wieder dieser Geruch.

Plötzlich wusste er, wonach: nach Alter.

Zweiter Teil

1

Keine Dreiviertelstunde nachdem er die Suite dreihundertvier verlassen hatte, tigerte er in seiner Glasbibliothek auf und ab und wartete auf Carlos.

Dieser war im Keller der Villa mit der Heizung beschäftigt. Der Brenner sprang nicht an, der Heizungstechniker ließ auf sich warten, und Carlos versuchte, die Panne selbst zu beheben. Anstatt sich um seinen frierenden Patrón zu kümmern.

Einer der Momente, in denen Allmen die Spießigkeit seines Dieners verfluchte, mit der dieser auf seinem gesicherten Einkommen als Hauswart und Gärtner beharrte.

Es war kalt im schlecht isolierten ehemaligen Treibhaus. Grauschwarze Regenwolken hatten die hellgraue Hochnebeldecke aufgefressen. Es würde ihn nicht überraschen, wenn es auch noch zu schneien begänne.

Allmen beschloss, seinen Diener dadurch zu bestrafen, dass er höchstpersönlich Feuer machte. Er öffnete die Tür des Schwedenofens, zerknüllte ein paar Zeitungen, stopfte sie in die Brennkammer und machte sich auf die Suche nach Holz.

Er hatte Carlos schon oft dabei beobachtet, wie er Feuer machte, aber noch nie darauf geachtet, wo er das Holz herholte. In der Küche war es nicht. Auch in dem Raum, der als Waschküche und Lagerraum diente, fand er es nicht. Schließlich zog er einen Mantel an und ging hinaus. Hinter dem Haus fand er tatsächlich einen sehr ordentlichen Holzstapel, den er vorher noch nie beachtet hatte. Er nahm drei Scheite und ging damit zurück zum Haus.

Carlos musste gerade das Vestibül betreten haben. Allmen war sich sicher, dass er ein Grinsen unterdrückte, als er ihn im Kamelhaarmantel mit seinen drei Holzscheiten sah. Er kam auf ihn zu und nahm sie ihm ab. Seine Hände waren rußverschmiert, und er stank nach Heizöl.

Carlos ging in die Bibliothek, Allmen folgte ihm im Mantel und sah zu, wie er die Zeitungen aus dem Ofen entfernte, aus einer Blechschachtel Anfeuerholz nahm, es aufschichtete und mit einem einzigen Streichholz in Brand setzte, alles in höchstens einer Minute. Er entschuldigte sich und kam zehn Minuten später sauber und in schwarzer Hose, weißem Hemd, Kellnerjacke und schwarzer Krawatte zurück. »*¿En qué le puedo servir*, Don John?«, fragte er, wie kann ich Ihnen behilflich sein.

»*Siéntese usted*«, sagte Allmen.

Carlos nahm Platz im zweiten Lesesessel und wartete.

»Hardy Frey ist Leo Taubler!«, platzte Allmen heraus.

»*¡No me diga!*«

Er reichte ihm das Foto von Dalia Gutbauer und Leo Taubler aus den fünfziger Jahren. »María hatte recht. Wie auf den Erinnerungsfotos von Hardy Frey – derselbe Mann. Was wissen Sie über ihn?«

»*Mucho*«, antwortete Carlos. Er entschuldigte sich, ging die Treppe hinauf und kam mit dem Mäppchen seiner Internetrecherchen zurück. Er reichte Allmen ein Foto.

Es zeigte zwei Männer auf einer Hotelterrasse vor Topfpalmen, beide gutaussehend und elegant gekleidet, der eine formell, der andere sportlich, offenes Hemd mit Seidentuch. Kein Zweifel: Der mit dem Seidentuch war Leo Taubler.

Die Bildunterschrift lautete: »Kurt Bergler, alias ›Räuber Knigge‹, hier mit seinem Freund, Leo Taubler, dem man vergeblich eine Mittäter- oder Mitwisserschaft nachzuweisen versuchte.«

Das Bild stammte aus einer Folge über spektakuläre Banküberfälle, die Carlos in einem Zeitungsarchiv unter dem Suchbegriff »Leo Taubler« gefunden hatte.

Bergler war ein Bankräuber, der durch seine hervorragenden Manieren auffiel und deshalb »Räuber Knigge« genannt wurde. Er trieb sechs Jahre lang sein Unwesen in verschiedenen größeren Städten des Landes, immer mit der gleichen Methode: Er betrat zu den Hauptgeschäftszeiten unmaskiert und elegant gekleidet die Bank, ließ sich eine große Note wechseln und legte dabei diskret eine SIG P210 auf den Schalter. Er drohte den Schalterbeamten höflich, aber bestimmt, sie ohne Zögern zu erschießen, wenn sie ihm nicht ohne Aufsehen einen Betrag zwischen hundert- und zweihunderttausend Franken aushändigten.

Mit dem Geld verließ er ohne besondere Eile die Bank, mischte sich unter die Passanten und verschwand kurz darauf. Vermutlich im Auto eines Komplizen, wofür es aber keine zuverlässigen Zeugenaussagen gab.

In den späten fünfziger Jahren wurde Kurt Bergler seine Vorliebe für gepflegte Garderobe zum Verhängnis. Ein aufmerksamer Schalterbeamter konnte einen Blick auf das Schneideretikett im Futter erhaschen, als Bergler kurz das Jackett aufhielt, um die Waffe aus dem Halfter zu nehmen.

Danach war es ein Leichtes, »Räuber Knigge« ausfindig zu machen. Er wurde zu zwölf Jahren Zuchthaus verurteilt und nahm sich nach weniger als einem Jahr das Leben. Leo Taubler verschwand noch während des Prozesses von der Bildfläche, vermutlich ins Ausland.

Allmen legte den Bericht beiseite und sah Carlos an.

»*Las relaciones*«, sagte der, schulterzuckend.

»Und was für eine Beziehung hat er zu Dalia Gutbauer?«, wollte Allmen wissen.

Carlos reichte ihm einen Stapel Computerausdrucke, die er bereitgehalten hatte. Das meiste waren Fotos von Dalia Gutbauer mit Leo Taubler bei verschiedenen gesellschaftlichen Anlässen. Aus den Begleittexten ging Folgendes hervor:

Nach einer langen Reihe illustrer und mondäner Begleiter wurde Dalia Gutbauer plötzlich nur noch mit einem gewissen Leo Taubler gesehen.

Für die Klatschpresse war die Liaison ihrer liebsten Skandalnudel mit einem Nobody eine Enttäuschung. Das änderte sich schlagartig, als der Serienbankräuber »Knigge« entlarvt wurde und sich als Kurt Bergler herausstellte. Ein Freund des ständigen Begleiters von Dalia Gutbauer.

Noch interessanter wurde Leo Taubler, als die Journalisten seine Vorstrafen entdeckten. Nichts Größeres, ein paar Finanzdelikte, Unterschlagungen, Betrügereien. Aber genug, um die Tochter eines der größten Industriellen des Landes als Gangsterbraut abzustempeln.

Dalia hielt zu ihm. Sie sprach von Taubler öffentlich als von ihrem Verlobten und erschien weiterhin an seinem Arm zu allen gesellschaftlichen Anlässen von Bedeutung.

Bis zum Victoria-Ball. Bei diesem Höhepunkt der Saison wurde sie in Begleitung von Gert von Tyllern gesehen, einem Berufserben aus der deutschen Schwerindustrie.

Das Interesse an Leo Taubler war bald erloschen. Dalia Gutbauer führte ihr früheres Leben mit wechselnden Begleitern noch ein gutes halbes Jahr fort. Danach verschwand sie von der Bildfläche.

Allmen sah von der Dokumentation auf und nickte anerkennend. »*Buen trabajo*«, bemerkte er, gute Arbeit. »Und der Zeitpunkt, zu dem Taubler verschwand, stimmt ungefähr mit dem Victoria-Ball überein, nehme ich an.«

Carlos nickte. »*Así es*, Don John.«

2

Als er aus dem Hotel trat, schneite es tatsächlich. Er hatte im Grillroom gegessen und die Zeit bis halb elf in der Bar zugebracht.

Herr Arnold hatte hinter dem Steuer seines Fleetwood gewartet und öffnete die Tür zum Rücksitz, als Allmens Silhouette vor dem erleuchteten Hoteleingang auftauchte.

Der Schnee war nass und schwer und blieb nicht liegen. Das Rauschen des Samstagsverkehrs klang wie in einer Regennacht.

Herr Arnold fuhr in seiner feierlichen Art ein Stück am See entlang und dann durch das Straßengewirr am Fuß des Villenhügels zu einem der Mehrfamilienhäuser aus den Gründerjahren, in welchem Remo di Gioya eine herrschaftliche Wohnung besaß. Herr Arnold ging zur Tür und klingelte, Allmen wartete im Auto. Er wusste, dass di Gioya ihn nicht heraufbitten würde. Aus einem ähnlichen Grund, wie auch Allmen seine Besucher nicht hereinbat: In den schönsten Räumen von di Gioyas Etage wohnten andere Leute.

Als Remo sich neben ihn setzte, roch Allmen, dass er nicht der Einzige war, der die Zeit bis zur angemessenen Verspätung mit ein wenig Alkohol überbrückt hatte. Remo hatte auch das überlegene Lächeln, das seine unberechenbare Stimmung verriet. »Nur dir zuliebe«, sagte er. »Ich gehe praktisch nicht mehr aus.« Er unterstrich die Behauptung mit einer seiner tuntigen Handbewegungen, die ihm mit zunehmendem Pegel unterliefen.

Sie fuhren stumm durch das Schneegestöber.

»Wenn ich nur daran denke«, stöhnte Remo, »wie oft wir hören werden, wie passend es sei, dass es bei der Eröffnung des Snow White Clubs schneit, muss ich gleich kotzen.«

Der Club lag im ehemaligen Industriegebiet der Stadt in einem gläsernen Neubau. Zwei schwarzuniformierte Security-Leute bewachten den Parkplatz und lotsten Herrn Arnold bis zum Eingang. Allmen gab dem Fahrer zwei Hunderternoten aus Madame Gutbauers Spesenvorschuss und bat ihn zu warten.

Vor dem Eingang staute sich eine kleine Menschenmenge, aber einer der zwei Meter großen Türsteher kannte di Gioya und ließ sie durch.

Der Club war ganz in Schneeweiß gehalten und bildete den Hintergrund für ein Lichtdesign, das alles in wechselnde Farben tauchte. Auch die Gäste, von denen die meisten ganz in Weiß erschienen waren. Remo bahnte sich einen Weg durch die tanzende, trinkende und schwatzende Menge, und Allmen blieb ihm dicht auf den Fersen.

Sie erreichten einen von einem Neonlichtbogen eingefassten Durchgang. Ein Türsteher war gerade damit beschäftigt, zwei jungen Frauen den Eintritt zu verwehren, di Gioya drängte sich nonchalant vorbei. Der Security-Mann blickte auf, erkannte ihn und nickte ihm zu. Di Gioya deutete hinter sich und sagte: »Der gehört zu mir.« So erhielt auch Allmen Einlass.

Sie betraten einen Raum, in dem es etwas ruhiger war. Die Gäste standen weniger dichtgedrängt, es gab Tische und Sofas und eine runde Bar, auch hier alles in Weiß. Sie befanden sich im VIP-Bereich.

Allmen und di Gioya setzten sich an die Bar und lehnten die Standarddrinks ab – Tiger Milk oder White Lady. Remo bestellte Mojito, Allmen blieb beim Bourbon.

Aus den Boxen klang dieselbe *easy listening music* wie im ersten Raum, nur leiser. Die Gäste waren etwas älter und sahen nach mehr Geld aus. Allmen entdeckte viele Gesichter, die er kannte. Entweder von früher oder von der Leute-Presse oder von beidem. Ein paar winkten herüber, aber meistens war nicht er gemeint, sondern di Gioya.

»Manchmal wünsche ich mir, ich wäre pleite wie du«, murmelte der. »Dann wäre ich das Pack los.«

»Wie kommst du darauf, dass ich pleite bin?«

»Pardon. Ich dachte, das sei offiziell.«

Allmen ließ es auf sich beruhen.

Eine blonde Frau, in sehr wenig Weiß gekleidet, kam auf sie zu, mit jedem Schritt ein Jahr älter. Vor di Gioya blieb sie stehen und küsste ihn auf den Mund. »Ist es nicht wunderbar, dass es schneit bei der Eröffnung des Snow White Clubs?«

Remo di Gioya übergab sich nicht. Er sagte nur: »Wunderbar, Sarah.«

Sie entfernte sich, hielt aber seine Hand so lange fest, wie ihr Arm reichte, als könne sie sich kaum von ihm trennen. »Ich bin dort drüben.« Sie deutete mit dem Kinn auf ein Grüppchen.

»Bin gleich bei euch«, lächelte er.

»Kommst du auch?«, fragte er Allmen. *»Best coke in town.«*

Allmen schüttelte den Kopf. »Aber bevor du gehst, stellst du mich Rebler vor.«

Remo trank sein Glas leer. »Dann komm«, befahl er und rutschte vom Hocker. Allmen folgte ihm.

Tino Rebler saß auf einem weißen Fauteuil und sah mit gönnerhaftem Lächeln dem Treiben zu. Di Gioya begrüßte ihn mit: »Gratuliere! Und schneien tut es auch noch.«

Rebler war ein fülliger Mann um die sechzig. Sein Haar war so weiß wie alles im Snow White Club. Es war dick und dicht, straff nach hinten gekämmt und setzte tief in der Stirn an. Er lachte mit zu makellosen Zähnen und gab erst di Gioya die Hand und dann Allmen.

»Du erinnerst dich sicher, John von Allmen.«

Rebler nickte, sah aber nicht aus, als erinnere er sich. Allmen half. »Freund von Claude. Claude Tenz.«

»Natürlich, Claude. Wie geht es ihm? Habe ihn noch gar nicht gesehen heute.«

»Er macht sich ein wenig rar dieser Tage. Haben Sie seine neue Handynummer schon?« Allmen ließ die Frage klingen, als würde er sie ihm andernfalls geben, und zückte sein Telefon.

»Ja, danke, die habe ich«, antwortete Rebler.

Allmen sah auf das Display seines Handys. »Aber ich offenbar nicht mehr. Weg. Elektronik!« Er suchte den Blick von Rebler, aber der wandte sich in diesem Moment di Gioya zu. »Viel Spaß noch.« Und dann zu Allmen: »Und grüßen Sie mir Claude. Wenn der abtaucht, steckt immer eine Frau dahinter.«

Kurz darauf verlor er di Gioya aus den Augen. Allmen lungerte noch etwas herum, wechselte da und dort ein paar Worte mit Bekannten, versuchte noch zweimal den Trick mit der Telefonnummer und ging schließlich für einen letzten Drink zurück an die Bar.

Kaum hatte er den Bourbon vor sich stehen, setzte sich Schneewittchen neben ihn. Mit Haut so weiß wie Schnee. Der Barmixer brachte ihr ungefragt ein Glas Champagner. *»Alla salute!«*

»Grazie«, antwortete sie. Sie nahm einen Schluck und gähnte undamenhaft. Sie bemerkte, dass er sie ansah, lachte und hielt verlegen die Hand vor den Mund.

»*Stanca?*«, fragte er, »müde?«

»*Stufa*«, antwortete sie, »gelangweilt.«

»*Romana?*«, fragte er.

»Das haben Sie aus einem Wort herausgehört, dass ich Römerin bin?«

»Ich habe lange in Rom studiert«, erklärte er. Was nur halb stimmte. Aber immerhin war er an der Uni eingeschrieben gewesen.

Mehr als eine halbe Stunde unterhielten sie sich über Rom, und wenn sie ein paar Jahre älter gewesen wäre, hätte Allmen das gereicht, um sich unsterblich zu verlieben. Sie war aber höchstens zwanzig, und so verliebte er sich nur ein klein wenig. Aber er war trotzdem enttäuscht, als plötzlich ein junger Italiener auf sie zukam und sagte: *»Si parte!«* Wir gehen.

Schneewittchen rutschte vom Hocker, berührte ihn an der Schulter und sagte: *»Ciao!«*

»John«, ergänzte er.

Aber sie sagte ihren Namen nicht. Lächelte nur und ging.

Er sah ihr nach, wie sie dem jungen Mann folgte. Der ging nicht auf den Ausgang zu, sondern in die andere Richtung, wo sie zwischen den lauter gewordenen Gästen verschwanden.

Mit di Gioya hatte er abgemacht, dass er ihm eine SMS senden würde, wenn er gehen wollte. Er schrieb

»*Let's go!*« und hörte hinter sich den Ton einer eingehenden Nachricht. Allmen sah sich um. Direkt hinter ihm stand Remo. Er trug bereits seinen Mantel und den von Allmen über dem Arm.

Auf dem Weg zu Herrn Arnolds Wagen musste er di Gioya etwas stützen.

Nur noch ein Türsteher stand am Eingang, ein paar Taxis warteten, der Schnee war in Regen übergegangen.

Auf dem Parkplatz leuchteten Scheinwerfer auf. Ein großer Wagen näherte sich. Es war Herrn Arnolds Fleetwood.

Er stieg aus, warf di Gioya einen prüfenden Blick zu und half ihm auf den Rücksitz.

Auf dem Weg sagte Remo mit schwerer Zunge: »Süß, nicht wahr, die kleine Dalia.«

»Ach, so heißt sie, Dalia?«

»Aber Finger weg, die gehört dem Rebler.«

»Der ist doch mindestens vierzig Jahre älter.«

»Und verknallt wie ein Schuljunge. Er hat einen seiner Gorillas zu ihrem Aufpasser gemacht. Er überhäuft sie mit Geschenken. Kürzlich wollte er ihr für ein Vermögen ein Dahliengemälde von Fantin-Latour schenken, zu Ehren ihres Vornamens.«

»Und?«

Remo di Gioya kicherte. »Jemand hat ihn überboten.«

Den ganzen Weg bis zu seiner Haustür kicherte er immer wieder. »Tino Rebler! Überboten!«

3

Das einzige Licht im Raum kam von dem Film, den der Beamer an die Leinwand warf. Dort sang und steppte Fred Astaire mit Ginger Rogers in einem weißen Pavillon. Es war still, keine Musik, kein Gesang, kein Klappern der Steppschuhe.

Der Raum war leer bis auf zwei Reihen Kinobestuhlung, zehn üppig gepolsterte Plüschsessel. In der Mitte der vorderen Reihe saß Dalia Gutbauer. Sie trug einen großen Kopfhörer und bewegte den Kopf in einem unhörbaren Rhythmus. Hinter ihr, um einen Platz versetzt, saß ihre Pflegerin. Ohne Kopfhörer, dafür mit einer Brille, von der eine kleine LED-Leuchte etwas Licht auf das Buch warf, in dem sie las. Sie hatte die Tür gehört und wandte sich jetzt zu den beiden Eindringlingen um.

Allmen hatte Cheryl Talfeld gleich am Morgen angerufen und darauf bestanden, Madame Gutbauer zu sprechen. Es sei entscheidend für den Erfolg der Ermittlungen.

Eine Viertelstunde später hatten sie sich in der

Lobby getroffen. Statt ihm die Hand zu geben, fragte sie: »Was haben Sie herausgefunden?«

»Informationen, die mir Frau Gutbauer vorenthalten hat.«

»Nämlich?«

»Ihre wahre Beziehung zu Hardy Frey.«

»Die hat doch nichts mit dem Bild zu tun. Die ist privat.«

»In seinem Schlafzimmer hängt ein Foto des Bildes.«

Diese Information verschlug ihr für einen Moment die Sprache. Dann fragte sie: »Und was wollen Sie jetzt von Madame Gutbauer?«

»Wissen, was sie mir sonst noch verschweigt.«

»Madame Gutbauer ist im Kino und hasst es, dort gestört zu werden.«

»Ich möchte es trotzdem versuchen.«

Im vierten Stock hatte ihn Cheryl Talfeld den Gang hinunter zu einer Tür geführt, an der ein Schild hing. »MOVIE-SESSION!« stand darauf in großen roten Buchstaben. Sie hatte sie vorsichtig geöffnet und ihn in Dalia Gutbauers Privatkino geführt.

Frau Talfeld bedeutete der Pflegerin, den Film zu stoppen. Nach einigem Zögern nahm diese eine Fernbedienung vom Nebensitz. Die Leinwand wurde dunkel, das Licht ging an.

»Was ist?«, rief Madame Gutbauer erschrocken.

Die Pflegerin deutete mit einer entschuldigenden Geste auf die beiden Besucher.

Die alte Frau wandte sich ihnen empört zu. »Was fällt Ihnen ein, Cheryl?«

»Bitte entschuldigen Sie. Herr von Allmen sagt, es sei sehr dringend.«

Frau Gutbauer fasste ihn ins Auge. »Ich hoffe, es ist so dringend, wie es sein muss, um mich hier stören zu dürfen. Helfen Sie mir.«

Der letzte Befehl war an die Pflegerin gerichtet, die ihr jetzt das Gehgestell holte und ihrer Patientin auf die Beine half.

Madame Gutbauer setzte sich in Bewegung, die beiden Frauen schlossen sich ihr an. Allmen folgte der kleinen Prozession.

Im Art-déco-Salon, den er aus der ersten Besprechung kannte, nahmen sie Platz. Die Pflegerin blieb stehen.

»Also. Was ist so dringend, von Allmen?« Dalia Gutbauer war etwas außer Atem vom mühsamen Gehen.

»Ich muss mit Ihnen über Hardy Frey reden. Alias Leo Taubler.«

Dalia Gutbauer warf der Assistentin und der Pflegerin einen Blick zu. Sie verabschiedeten sich und ließen ihre Chefin mit ihrem Gast allein.

4

Am Weihnachtstag neunzehnhundertachtundfünfzig begann es endlich zu schneien. Der Schnee fiel dicht und luftig bis tief in die Silvesternacht.

Aristoteles Onassis und Stavros Niarchos gaben im Palace St. Moritz eine rauschende Silvesterparty für den internationalen Jetset. Es war die Nacht, in der sich die Exkaiserin Soraya in den Fürsten Raimondo Orsini verliebte. Und die Industriellentochter Dalia Gutbauer in den Filou Leo Taubler.

Eine dicke Schneedecke lag über dem Dorf und dämpfte den Lärm des Feuerwerks und das Jauchzen der Jeunesse dorée, die sich in Smokings, Ballkleidern und bunten Hütchen Schneeballschlachten lieferte. Die beiden Paare verbrachten ihre erste Liebesnacht in zwei Suiten auf demselben Stockwerk.

Dalia war damals schon siebenunddreißig, ihr neuer Liebhaber Leo Taubler ein paar Jahre jünger. Sie war die verwöhnte Tochter des legendären Gustav Gutbauer und hatte in den letzten fünfzehn Jahren das Leben inmitten der internationalen Hautevolee verbracht. Über ihre Ausschweifungen, Garderoben und Affären war in den Klatschspalten regelmäßig und in den nationalen Blättern nicht ohne Stolz berichtet worden.

Mit Leo Taubler war es ihr zum ersten Mal ernst. Er war anders als alle seine Vorgänger. Er stammte nicht aus ihren Kreisen und gab sich – im Gegensatz zu anderen Parvenüs – auch keine Mühe, so zu tun, als ob.

»Wussten Sie denn nichts von seinem dubiosen Hintergrund?«, fragte Allmen an dieser Stelle ihres Berichtes.

»Ach, wissen Sie, damals hatten viele aus den besseren Kreisen einen noch viel dubioseren Hintergrund. Und ich bin mir nicht sicher, ob das heute so viel anders ist.«

»Als was gab er sich denn aus?«

»Als der, der er war: Leo Taubler. Was er machte, war nie ein Thema zwischen uns.«

»Aber wovon lebte er?«

»Von mir. Wie viele vor ihm auch. Nur mit größerer Selbstverständlichkeit. Was war schon dabei? Ich hatte beliebig viel Geld, und er hatte keines. Aber er zeigte mir eine Welt, die ich nicht kannte. Mit normalen Leuten, normalen Sorgen und normalen Vergnügungen.«

»War einer dieser normalen Leute Kurt Bergler, alias ›Räuber Knigge‹?«

»Kurt war ein sehr charmanter, sehr eleganter Mann.«

»Und von seiner Tätigkeit wussten Sie nichts?«

»Wie gesagt, wir sprachen nicht über Berufliches.«

»Und als Sie es erfuhren?«

Sie zuckte mit den Schultern. »Ich war nie spießig. – Rauchen Sie?«

»Eine der wenigen Dummheiten, die ich aufgegeben habe«, antwortete Allmen – nicht zum ersten Mal in seinem Leben.

»Schade. Dann sehen Sie mal in der linken Schublade von der Kommode dort nach.« Sie zeigte auf ein filigranes Möbel aus schwarzem Lack und Chrom. In der Schublade fand er ein Päckchen Zigaretten. Er bot ihr eine an und gab ihr Feuer.

»Ich dachte, Sie mögen es nicht, wenn Leute rauchen«, sagte er lächelnd.

Sie lächelte zum ersten Mal zurück. »Nur wenn andere Leute rauchen.«

Er sah ihr dabei zu, wie sie an ihrer Zigarette zog wie eine Kettenraucherin. »Weshalb hängt über Hardy Freys Bett ein Foto des verschwundenen Bildes?«

Sie kniff die Augen vor dem Rauch zu. »Was ist Ihre Vermutung?«

»Er war es, der Ihnen das Original geschenkt hat.«

»Bravo.«

»Wussten Sie von Anfang an, dass es gestohlen war?«

»Ich hatte es vermutet. Schockiert Sie das?«

»Offen gestanden: Nein.«

»Es war der teuerste Blumenstrauß, den mir je ein Mann geschenkt hat. Dahlien habe ich ab und zu bekommen, bei meinem Namen. Aber solche noch nie.«

»Verstehe«, sagte Allmen, »aber warum haben Sie mir nichts davon gesagt?«

»Es geht um den Verbleib des Bildes. Nicht um seine Herkunft.«

»Vielleicht hat ja beides miteinander zu tun.«

»Glauben Sie das?«

»Wir klären es ab.«

»Tun Sie das.« Sie drückte ihre Zigarette aus und fischte nach ihrem roten Funksender an der Goldkette.

»Und? Wie ist es weitergegangen, mit Ihnen und Leo Taubler?«

Er sah ihr an, dass ihr die Antwort nicht leichtfiel. Doch schließlich sagte sie: »Er reiste nach Brasilien, und ich spielte noch ein paar Monate Dame der Gesellschaft und folgte ihm. Wir lebten fast zehn Jahre zusammen.«

»Wo?«

»Überall ein bisschen.«

»Und wie ging es auseinander?«

Dalia drückte auf die Taste. »So, wie diese Geschichten eben auseinandergehen.«

»Aber zum Schluss haben Sie immerhin wieder zueinandergefunden.«

Sie sah ihn erstaunt an. »Nein«, widersprach sie, »das haben wir nicht.«

5

Allmen hätte zwar lieber einfach so mit Carlos gesprochen, aber dieser bestand auf einer Schuhputzsession. Er könne beim Schuhputzen besser denken.

So saß er also wieder auf dem hochgedrehten Klavierstuhl und sah auf Carlos hinunter. Zum ersten Mal fiel ihm auf, dass sich dessen blauschwarzes pomadisiertes Haar am Hinterkopf ein wenig zu lichten begann. Nur ganz wenig, und nur aus diesem Winkel und in diesem Licht sichtbar. Er hoffte, dass Carlos es noch lange nicht bemerken würde.

»Carlos?«

»*¿Que manda*, Don John?«

»Sie haben mir erzählt, dass kürzlich bei Murphy's ein Dahlienstrauß von Fantin-Latour für mehr als das Doppelte des Schätzpreises von sechshunderttausend Franken ging.«

»*Así es*, Don John.«

»Zwei anonyme Telefonbieter hatten den Preis

auf eine Million zweihundertachtzigtausend hochgetrieben.«

»*Exacto.*«

»Ich weiß, wer damals verloren hat.«

»*No me diga,* Don John.«

»Rebler.«

Carlos nahm es schweigend zur Kenntnis, bearbeitete Allmens rechten Schuh und dachte nach.

Allmen fuhr fort: »Er hat eine schöne junge Freundin. Italienerin. Sie heißt Dalia.«

»*Entiendo.*«

»Wissen Sie, bei wie viel er ausgestiegen ist?«

»Bei einer Million zweihunderttausend, Don John.«

»Er wollte also eine Million zweihunderttausend Franken ausgeben, nur um seiner Freundin eine kleine Freude zu machen.«

Carlos blickte zu Allmen hinauf. »Alte Männer und junge Frauen, Don John.«

Allmen lächelte. »So groß ist der Altersunterschied zwischen Ihnen und María zum Glück nicht.«

»*Diez años son bastante,* Don John.« Zehn Jahre sind genug.

Carlos begann die erste Politur mit dem langen straffen Tuch. Ein Arbeitsschritt, bei dem er nie sprach. Danach bemerkte er: »Im Internet habe ich viele Fotos von Señor Rebler gefunden, auf denen auch Señor Tenz zu sehen ist.«

»Eben.«

»Und bei seinem Großonkel hing ein Foto von Madame Gutbauers Dahlienbild.«

»Er kannte bestimmt die Geschichte des Bildes.«

»Und wusste, wo das Original hing.«

»Die Beziehungen, Carlos, *las relaciones*.«

Carlos hatte eine weitere geheime Tinktur auf die Schuhe aufgetragen und begann nun mit der zweiten, der finalen Politur, die die Kappen von Allmens Oxford-Schuhen zum Spiegeln brachte.

Als er damit fertig war, bedankte sich Allmen und stand auf. Carlos fing an, das Schuhputzzeug in seine schwarze Kiste zu räumen.

»Wir müssen diesen Tenz finden, Carlos.«

»Oder die italienische Dalia, Don John.«

6

Treppenhaus und Wohnungstür waren so großzügig angelegt, dass Möbelträger mit Konzertflügeln keine Probleme hätten. Allmen hörte Geräusche aus der Wohnung, aber er klingelte und klopfte seit über fünf Minuten vergeblich.

Gerade, als er begann, eine Notiz zu schreiben, erschien ein Schatten hinter der verzierten Milchglasscheibe, und einer der Flügel wurde aufgemacht.

Ein junger Mann im Trainingsanzug stand vor ihm. Er trug einen Kopfhörer um den Hals, wohl der Grund, warum er nichts gehört hatte.

»Ja?«, sagte er.

»Ist Remo da?«

»Falls ja, dann schläft er.«

»Können Sie nachsehen?«

»Ich soll ihn wecken? Bin ich lebensmüde?«

Es war Nachmittag, aber es kam auch bei Allmen vor, dass er um diese Zeit noch oder wieder im Bett war. »Dann sagen Sie ihm einfach, er solle mich anrufen. Es sei dringend.« Er überreichte dem Mann eine seiner Privatkarten, nur mit Adresse und Telefonnummer, ohne International Inquiries.

Aber während er noch einen Gruß darauf schrieb, hörte er Schritte auf dem knarrenden Parkett des breiten Ganges. Es war di Gioya in einem seidenen Kimono. Aufgedunsen, verstrubbelt und unrasiert. »Schon gut, Max, ein Freund.«

Auf dem Weg zu einem Zimmer am Ende des Korridors kamen sie an einer offenen Tür vorbei. Allmen sah ein ungemachtes Bett, in dem jemand lag. Es roch nach Joint.

Remo hatte sich das ehemalige Wohnzimmer gesichert. Es besaß einen Wintergarten, den er offenbar als Schlafraum benutzte. Das Zimmer selbst war vollgestellt mit den Antiquitäten, die früher in der ganzen Herrschaftswohnung verteilt gewesen waren. Ähnlich wie Allmens Gärtnerhäuschen, allerdings Louis xv statt Art déco.

»Das Haus voller Gäste«, erklärte di Gioya.

»Kenne ich.«

Remo räumte die Kleiderhaufen von zwei Sesseln und murmelte etwas von »Personal«. Er bot Allmen einen der Fauteuils an. »Was trinkst du?«

»Nichts. Ich gehe gleich wieder.«

Di Gioya schlurfte in den Wintergarten und kam mit einer Flasche Scotch und einem benutzten Glas zurück. Er schenkte sich ein, trotzig auf eine Bemerkung von Allmen gefasst. Der aber sagte:

»Entschuldige, du warst nicht zu erreichen auf dem Handy.«

»Wenn ich nicht zu erreichen bin, heißt das, dass ich nicht zu erreichen sein will. Was ist so dringend?«

»Wie erreiche ich Dalia?«

Di Gioya zeigte ein schmales Lächeln und schüttelte missbilligend den Kopf. »Ach so. Auf diese Art dringend.«

Allmen zuckte hilflos mit den Schultern. Was kann ich dafür, es ist stärker als ich.

»Am besten erreichst du sie« – di Gioya machte eine Pause – »nicht.«

»Komm schon.«

»Im Ernst. *Hands off*. Rebler ist gefährlicher, als er aussieht. Man lässt die Finger von seinen Sachen.«

»Ich will sie nur etwas fragen.«

»Das ist ja das Problem. Sie könnte ja sagen.«

Die Möglichkeit gefiel Allmen. »Kommt das öfter vor?«

»Nie. Aber Rebler rechnet stündlich damit.«

»Gibst du mir die Nummer?«

»Wie kommst du darauf, dass ich sie habe?«

»Ach, komm, Remo. Wenn einer sie hat, dann du.«

»Du denkst, ich hab sie, weil ich schwul bin. Und damit ungefährlich.«

Allmen lächelte.

»Aber ich warne dich, ich bin bi.«

»Ach. Plötzlich?«

»Nein, schon immer. Nur nicht praktizierend.«

»Gratuliere. Gibst du mir jetzt die Nummer?«

Remo begann, im Kleiderhaufen zu suchen, den er eben von den Sesseln geräumt hatte. Schließlich fand er ein Handy. Er drückte eine Weile darauf herum. »Da. Dalia. Wie viel ist sie dir wert?«

»Du meinst Geld? Du willst mir die Nummer verkaufen?«

»Schockiert?« Die Frage klang provokativ.

»Nein, nein«, log Allmen, »nur überrascht.« Er hatte das zwar noch nie gemacht, aber in seiner Branche war es nicht ungewöhnlich, Informanten zu bezahlen. Er griff in das kleine Billetttäschchen über der rechten Westentasche und brachte eine Notenklammer mit ein paar Noten zum Vorschein.

»Nicht aus dem Trinkgeldtäschchen, mein Lieber. So weit sind wir noch nicht.«

Allmen tastete vergeblich sein Sakko ab. »Tut mir leid, das ist alles, was ich bei mir habe.«

»Gib her.« Di Gioya nahm die Scheine, gab die Klammer zurück und steckte das Geld in den Ärmel seines Kimonos. Es mussten drei, vier Hunderter und ein paar kleinere Noten gewesen sein, Allmen wusste nie, wie viel Geld er bei sich trug.

Di Gioya diktierte Allmen die Nummer ins Handy. »Von mir hast du sie nicht.« Dann sah er ihn nachdenklich an. »Ich dachte, du seist auch blank.«

»Ach was. Ich war ein wenig überinvestiert, aber das hat sich gelegt.«

»Wie das? Arbeit?«

Allmen wehrte ab. »Nein, nein. Nur ein wenig beratende Tätigkeit.«

»Auf welchem Gebiet denn?«

»Auf meinem. Kunst und so.«

»Unter uns: Ich suche auch so etwas. Keine Arbeit und doch bezahlte Tätigkeit.«

Allmen stand auf. »Handynummern vielleicht.«

7

Über ihm war Madame Gutbauers Gehgestell zu hören. Toc. Toc. Toc. Toc.

Seit seiner letzten Begegnung mit ihr ging sie ihm nicht mehr aus dem Kopf. Zehn Jahre war sie mit Hardy Frey untergetaucht, dann hatten sie sich getrennt. Fünfunddreißig Jahre später zog er hier ein. Aber sie hätten nicht wieder zueinandergefunden, hatte sie gesagt. Was dann? Weshalb hatte er hier gelebt, bis zu seinem Tod? Und weshalb war ihr das Bild so viel wert, wenn ihr doch der, der es für sie gestohlen hatte, nichts mehr bedeutete?

Toc. Toc. Toc. Toc.

Carlos hatte von Anfang an recht gehabt, es ging um die Beziehungen. Diejenige zwischen Dalia Gutbauer und Hardy Frey führte von der vierten Etage hinunter ins Hotel. Die zwischen Hardy Frey und seinem Großneffen, Claude Tenz, könnte wieder vom Hotel hinauf in den vierten Stock führen. Und die Verbindung zwischen Claude Tenz und Tino Rebler führte womöglich zu der anderen Dalia, der schönen Römerin Dalia Fioriti. Und die mysteriöse Teresa Cutress? In welcher Beziehung stand sie zu allen anderen? Schon drei Mal hatte er Dalia Fioritis Nummer gewählt. Immer kam der Anrufbeantworter, aber er hinterließ keine Nachricht.

Geräusche aus dem Korridor rissen ihn aus seinen Gedanken. Stimmen und dumpfes Poltern. Allmen sah hinaus. Gegenüber war die Tür von Hardy Freys Suite offen. Zwei Gepäckwagen standen davor. Bellboys in grünen Schürzen trugen eine mit Messingbeschlägen verzierte chinesische Kommode heraus.

Claude Tenz, dachte Allmen. Der Großneffe ist endlich aufgetaucht und holt die Sachen von Hardy Frey ab.

Er überquerte den Korridor und trat ein. Im Wohnzimmer waren das ecuadorianische Zimmermädchen und María damit beschäftigt, Nippes in Zeitungspapier zu packen und in Schachteln zu verstauen. Bei seinem Eintreten sahen beide auf. María nickte ihm höflich zu, aber Pita fragte: »Suchen Sie etwas?«

»Ich dachte, Herr Tenz wäre vielleicht hier«, antwortete er und ging weiter ins Schlafzimmer. Dort war noch alles intakt, aber kein Claude Tenz weit und breit.

Als er ins Wohnzimmer zurückkam, waren beide Frauen dabei, die ersten Schachteln hinauszutragen. Allmen sah sich um.

Die ganze Tristesse eines halbausgeräumten Zimmers fiel ihn an. Herausgezogene Schubladen, geöffnete Schranktüren, aufgerollte Teppiche und überall Verpackungsmaterial, Kleberollen, Kartons und Wäschesäcke.

An der Kleiderstange eines Kofferwagens hingen ein gelblich verblichener Leinenanzug, ein khakifarbener Safarianzug und ein Smoking mit übergroßen Seidenrevers, von denen eines umgeknickt war wie der Flügel eines verletzten Vogels. Darunter stand ein Paar Lackschuhe mit brüchigem Oberleder.

Allmen rief sich Hardy Frey in Erinnerung. Es musste viele Jahre her sein, dass dieser krumme, magere Greis diese Garderobe ausgefüllt hat.

Über der Stelle an der Wand, wo die Spuren der soeben abtransportierten chinesischen Kommode zu sehen waren, hingen immer noch die gerahmten Fotos eines bewegten Lebens. Auf mehreren davon war Frey in seinen besten Jahren mit einer attraktiven Frau zu sehen, die Allmen entfernt an jemanden erinnerte. Eine Schauspielerin oder Sängerin vielleicht oder sonst eine Prominente aus den sechziger Jahren.

Er nahm eines der Bilder von der Wand – ein kleines Schwarzweißfoto in einem Holzrähmchen –, setzte seine Lesebrille auf und studierte es.

Es war wie die Begegnung mit einer Bekannten, von der man beim besten Willen nicht weiß, wo man sie hintun soll.

Allmen sah sich um. Die Frauen waren immer noch draußen. Er steckte das Bild in den Hosenbund und schloss das Jackett darüber. Als er zur Tür sah, stand dort María Moreno. Sie hatte seinen Diebstahl beobachtet und ihrer Kollegin den Weg versperrt, um ihm ein paar Sekunden mehr Zeit zu geben.

»*Con permiso*«, sagte die Ecuadorianerin. María ließ sie durch, ging an Allmen vorbei zur Wand und begann, Fotos abzuhängen, damit der anderen die Lücke nicht auffiel.

Allmen ging zurück in den Salon seiner Suite. Auf der Rückseite des Fotorahmens ließ sich ein Tischaufsteller herausklappen. Allmen stellte das Bild auf eine der Stilkommoden und betrachtete es. Hardy Frey in Tweedjacke, karierter Golfhose, Schal und Schiebermütze. Seine Begleiterin im Tweedkostüm und mit Rollkragen. Sie trug ein freches, schief sitzendes Hütchen und viel Lippenstift. Sie war zierlich und einen Kopf kleiner als ihr Begleiter, trotz ihrer hochhackigen Schuhe.

Was kam ihm bekannt vor an ihr? Am ehesten ihre Augen.

Sein Handy klingelte. Eine Frauenstimme fragte: »*Chi è?*« Wer ist da?

Es war die Stimme von Dalia Fioriti.

»Allmen, John von Allmen, wir haben uns bei der Eröffnung des Snow White kennengelernt.«

»Ach ja, wie geht's? Woher haben Sie meine Nummer?«

»Ich musste versprechen, es nicht zu verraten.«

»Dann weiß ich, von wem. Weshalb hatten Sie angerufen?«

»Ich möchte Sie zum Essen einladen.«

Sie schwieg.

»*Pronto?* Sind Sie noch da?«

»Ich kann nicht mit Ihnen essen gehen.«

»Warum nicht?«

»Das wissen Sie. Der, der Ihnen meine Nummer gegeben hat, muss es Ihnen gesagt haben.«

»Ich habe es ihm nicht geglaubt. Sie machten auf mich den Eindruck einer emanzipierten Frau.«

Dalia Fioritis erneutes Schweigen ermutigte Allmen. »Es kann auch ein Lunch sein. Ein wenig schwelgen in Erinnerungen an Rom.«

»Höchstens zu einem Drink.«

»Wunderbar. Heute?«

»Ein *aperitivo*. Sechs Uhr. Um sieben bin ich verabredet. Wo?«

»In der Bar des Schlosshotels. Ein sehr diskreter Ort.«

»Ein indiskreter Ort wäre mir lieber.«

»Dann in der Goldenbar. Da geht kein Mensch hin, der nicht gesehen werden will.«

8

Allmen kam eine Viertelstunde früher in die Goldenbar. Es war die Zeit des Schichtwechsels zwischen denen, die noch, und denen, die schon da waren.

Er wählte einen der kleinen Nischentische und winkte den Barkeeper heran, der bereits beginnen wollte, eine Margarita zu mixen.

»Ein Flasche Cristal heute, Pedro. Ich erwarte noch jemanden.«

Um sechs begann der Pianist behutsam mit Allmens Lieblingslied *Where and When*, und Allmen schickte ihm das übliche Glas Hauswein.

Um zehn nach sechs erschien Dalia. Allmen stand auf, ging ihr entgegen, nahm ihr den Mantel ab und führte sie an seinen Tisch. Sie zogen die Blicke der Habitués an, Allmen würde beim nächsten Mal ein paar Bemerkungen zu hören bekommen.

Dalia war noch schneewittchenhafter als beim letzten Mal, und das Licht in der vergoldeten Bar verlieh ihrer weißen Haut einen besonderen Schimmer. Sie bestellte wie erwartet Champagner. Pedro brachte ein zweites Glas und schenkte aus der goldenen Flasche im Eiskübel nach.

Sie sprachen wie vereinbart von Rom, und Allmen war so verzaubert, dass er sich fragte, ob er von seinem ursprünglichen Plan absehen sollte, um die Stimmung nicht zu ruinieren.

Doch bevor er sich entschieden hatte, servierte ihm Dalia einen so prächtigen Steilpass auf sein Thema, dass er nicht anders konnte. Sie fragte: »Was machen Sie im Leben?«

»Kunst«, antwortete er.

»Künstler?« Sie schien überrascht.

»Nein, nein. Kunstvermittlung.«

»Kunsthandel?«

»So ähnlich. Ich bringe Kunstwerke und Menschen zusammen. Wieder zusammen.«

Sie nahm ihren Kelch vom Tisch, führte ihn nachdenklich bis fast zum Mund und ließ ihn dort verharren. »Gestohlene Kunstwerke?«

»Verschwundene. Verschollene. Abhandengekommene. Ich löse Kunsträtsel. Es gibt Werke, von denen die Kunstgeschichte weiß, dass sie geschaffen wurden, aber nicht, wo sie sich heute befinden.«

Da führte sie das Glas an die Lippen und trank. »Erzählen Sie mir mehr.«

Jetzt.

Allmen griff in die Brusttasche und holte das Foto heraus. Er nahm es aus dem halbdurchsichtigen Papier und hielt es ihr hin.

Es gelang ihr nicht, zu verbergen, dass sie das Gemälde kannte. Sie warf einen kurzen Blick darauf und einen langen auf ihn. Als müsse sie sich ein neues Bild von ihm machen.

»Das ist eines der Werke, deren Geheimnis ich auf die Spur kommen will. Dahlien. *Dalias.*«

Sie zuckte mit gespielter Gleichgültigkeit mit den Schultern und trank einen Schluck.

Allmen steckte das Foto wieder ein.

Eine Stimme neben ihnen sagte: *»Si parte!«*

Allmen sah auf. Es war der junge Italiener vom Snow White Club. Er hielt ihren Mantel in beiden Händen, bereit, ihr hineinzuhelfen. Allmen würdigte er keines Blickes.

Dalia Fioriti sah erschrocken zu ihm hoch. *»Si parte!«*, wiederholte er. Sie stand auf, ließ sich in den Mantel helfen und sagte: »Ich wollte ohnehin gerade gehen.«

Auch Allmen war aufgestanden. Er wollte ihr die Hand geben, aber sie sagte nur *»Ciao«* und ging zum Ausgang. Gefolgt von ihrem Aufpasser.

Die Goldenbar hatte sich zum Glück etwas gefüllt gehabt, und die Szene war nicht so aufgefallen. Aber von den Stammgästen an der Bar fing er doch ein paar spöttische Blicke auf. Er tat, als ob er sie nicht bemerken würde, winkte den Kellner herbei und ließ sich sein Glas füllen.

Er stand unter dem leichten Schock, der sich immer dann einstellt, wenn ein Verdacht plötzlich zur

Gewissheit geworden ist. So, wie Dalia Fioriti auf das Bild reagiert hatte, musste sie es kennen. Die Wahrscheinlichkeit, dass sie es von Tino Rebler als Ersatz für das, das ihm bei der Auktion entgangen war, geschenkt bekommen hatte, war groß. Und woher wusste der von dem Bild? Und wer hatte ihm dazu verholfen?

Claude Tenz, natürlich. Der verschwundene Großneffe.

Allmen bezahlte. Das Schlosshotel lag nur ein paar Gehminuten von der Goldenbar entfernt, und ein kleiner Spaziergang würde ihm guttun.

Der Abend war trocken und mild. Auf den Parkbänken an der Seepromenade saßen schon Leute, die sich nach dem Sommer sehnten.

Allmen knöpfte den Trenchcoat auf und versenkte beide Hände in die Hosentaschen. Bald hatte er die kleine Parkanlage erreicht, nach welcher er die Straße zum Schlosshotel überqueren würde.

Es ging alles ganz schnell. Jemand packte ihn von hinten und presste mit stählernem Griff seine Ellbogen auf dem Rücken gegeneinander. Allmen schrie auf, aber der Schrei wurde von einem Schlag in den Magen abgeschnitten. Während er nach Atem rang, trafen ihn zwei fürchterliche Schläge im Gesicht. Der Mann hinter ihm ließ ihn los, Allmen ging zu Boden.

9

In der Glasbibliothek des Gärtnerhauses brannte Licht, und die Klänge einer Marimba drangen in den nächtlichen Park. Carlos hatte das Bügelbrett aufgestellt und arbeitete an Allmens Hemden. María saß im Lesesessel des Patróns und nähte Hemdenknöpfe an. Das Feuer im Schwedenofen wäre nicht nötig gewesen an diesem lauen Vorfrühlingstag, aber es machte den Abend noch gemütlicher. Die Dampfdüse des Bügeleisens zischte von Zeit zu Zeit zu den wehmütigen Marimbaklängen der Geschwister Ramirez. Carlos kam sich vor wie ein zufriedener Ehemann, nur die Kinder fehlten.

»María?«, sagte er.

»Sí«, antwortete sie abwesend.

»Te quiero mucho.«

Jetzt sah sie auf und lächelte. »Ich dich auch.«

In diesem Moment klingelte das Telefon. Carlos meldete sich.

Am anderen Ende sagte eine Frauenstimme »Huber, Notfall Stadtspital, spreche ich mit Herrn de Leon?«

»Ist etwas passiert?«, fragte Carlos erschrocken.

María legte ihre Näharbeit über die Armlehne des Sessels und kam ebenfalls zum Telefon. Sie sah Carlos besorgt an.

»Herr von Allmen hatte einen Unfall–«

»*¡Madre mía!*«, rief Carlos.

»Es ist nicht schlimm«, beruhigte ihn die Frau. »Er bat mich, Sie anzurufen. Er möchte, dass Sie ihm seinen Chauffeur schicken. Am besten kommen Sie mit. Er hat etwas Starkes zur Beruhigung bekommen.«

Carlos versicherte, dass er sofort kommen werde, und legte auf.

»*¿Qué pasó?*«, fragte María Moreno.

»*Don John tuvo un accidente*«, erklärte er und wählte bereits die Nummer von Herrn Arnold. Er erreichte ihn. Der Taxichauffeur hatte eigentlich schon Feierabend, aber ein Notfall mit Herrn von Allmen, das war natürlich etwas anderes.

»*¿Grave?*«, erkundigte sich María.

»Sie sagen, nein, nicht schlimm. Er darf nach Hause. Er hat mir bestellen lassen, ich solle seinen Chauffeur schicken.«

»Seinen Chauffeur? Hat er *seinen Chauffeur* gesagt?«

Er nickte.

María lächelte. »Dann ist er schon wieder der Alte.«

Aber aussehen tat er nicht wie der Alte, als Allmen eine Dreiviertelstunde später in den Warteraum der

Notfallstation geführt wurde. Eher wie ein Schwergewichtsboxer nach einer vernichtenden Niederlage. Das rechte Auge zugeschwollen, über der Braue ein mit vielen Stichen genähter Riss, auf der linken Wange ein Heftpflaster und der rechte Arm in einer Schlinge.

Allmen, der sich etwas einbildete auf seine aufrechte Haltung, ging gebeugt und mit kleinen, vorsichtigen Schritten.

Der hünenhafte Pfleger übergab seinen Patienten dem kleinen Carlos, der ihn unbeholfen und verlegen hinausstützte. Beide, Diener und Herr, waren eine solche körperliche Nähe nicht gewohnt.

Kaum war Allmen mit Herrn Arnolds Hilfe auf den roten Lederrücksitz des Cadillacs gebettet, schlief er ein. Sie fuhren schweigend zur Villa Schwarzacker zurück. Auch dort war Carlos auf die Unterstützung von Herrn Arnold angewiesen. Die beiden brachten Allmen zu Bett.

Während Carlos' Abwesenheit hatte María Moreno die Bügel- und Nähsachen aus der Bibliothek weggeräumt und das Feuer ausgehen lassen. Jetzt heizte sie wieder ein und machte eine Kanne Tee. Sie wollten abwechselnd Nachtwache halten, Carlos übernahm die erste Schicht.

Aber es dauerte nicht lange, bis Carlos ihre leichten Schritte auf der Holztreppe hörte. María trug ihren gesteppten Schlafmantel, setzte sich in den zweiten Sessel, streifte die silbernen Schlappen ab, zog die Füße auf das Polster und umschlang ihre Knie. *»Tengo miedo«*, sagte sie, ich habe Angst.

Carlos verstand sie, auch ihm war etwas mulmig geworden. Aber um sie nicht noch mehr zu beunruhigen, antwortete er: »Bestimmt ist es ein Zufall. Heutzutage werden Leute mitten auf der Straße überfallen. Ich glaube nicht, dass es etwas mit dem Fall zu tun hat.«

»Wurde er denn ausgeraubt?«

»*A saber*, ich konnte nicht mit ihm sprechen.«

»Du hast ihn doch zu Bett gebracht. Da müsstest du doch wissen, ob seine Sachen noch in den Taschen waren.«

»Es war alles da: Portemonnaie, Brieftasche, Notenklammer, Handy und Taschenmesser. Seine fünf Sachen, nicht mehr und nicht weniger.«

»Siehst du. Ich sage dir, es hat mit den Dahlien zu tun. Wo war er heute Abend?«

Carlos gab auf. María war in alles andere eingeweiht, warum nicht auch in das. »Er wollte die andere Dalia treffen. Die Freundin von Rebler.«

Sie schüttelte vorwurfsvoll den Kopf.

»Ich habe ihm gesagt, es sei gefährlich. Alte Männer mit jungen Frauen sind immer gefährlich.«

»Und was hat er gesagt?«

»Detektiv sei ein gefährlicher Beruf.«

Sie schüttelte den Kopf. »Nur dummer Detektiv ist ein gefährlicher Beruf.«

»¡María, por favor!«

Sie umschlang ihre Knie noch etwas enger und murmelte: »Ist doch wahr.«

Jeder hing seinen Gedanken nach, bis Carlos sagte: »Vielleicht war es nur Eifersucht. Rebler lässt sie überwachen und jeden zusammenschlagen, der ihr zu nahe kommt.«

»Hoffentlich hast du recht.«

»No tenga pena.« Er ging zum Ofen, schob ein Scheit nach, setzte sich wieder und sah sie an. Sie war eingenickt. »Geh schlafen, *mi amor*«, sagte er sanft.

Sie schlug die Augen auf und schüttelte den Kopf. »Ich kann nicht schlafen.«

Carlos sah zum Glasdach hinauf. Nur die abgeschirmte Leselampe brannte. Das Licht, das sie auf ihn warf, spiegelte sich in der Scheibe, aber an der Spiegelung vorbei konnte er den Halbmond sehen. Er sah auf die Uhr. Fast halb drei. Bei ihm zu Hause in Guatemala war es jetzt auch dunkel geworden, und man sah denselben Mond.

Er musste eingeschlafen sein. Don John stand im Morgenmantel neben ihm und berührte seine Schulter.

»Don John, *disculpe*«, rief er aus. *»¿Todo bien?«*

»Nein«, gab Allmen zur Antwort. »Nicht alles gut. Alles tut weh.«

Carlos war aufgesprungen und überließ seinem Patrón den Sessel. María schlief weiter.

Sie unterhielten sich leise, um sie nicht zu wecken.

»Sie haben mir Schmerzmittel mitgegeben, aber Sie dürfen es erst in einer Stunde nehmen.«

Allmen streckte die Hand aus.

»In einer halben Stunde.«

Allmen behielt die Hand ausgestreckt.

»Usted manda«, seufzte Carlos, Sie befehlen. Er ging in die Küche und kam mit einem Tablett zurück, auf dem ein Glas Wasser und ein Tellerchen mit einer rosaroten Tablette standen.

Carlos sah auf Allmen hinunter. Er sah elend aus mit seinem geschwollenen Gesicht, seinen verstrubbelten Haaren und wie er mit seiner ungeschickten linken Hand versuchte, nach der Pille zu angeln und das Glas an die Lippen zu führen.

»Don John«, sagte er leise, »ich habe über Tino Rebler nachgeforscht.«

»Und?«

»Vor drei Jahren hat ein Türsteher vor einem seiner Clubs einen jungen Mann so verprügelt, dass er noch an Ort und Stelle starb.«

»Davon habe ich gehört.«

»Der Täter wurde nie gefasst. Es heißt, Tino Rebler habe ihn noch in der gleichen Nacht persönlich nach Mailand chauffiert und ihm ein Flugticket nach Rio bezahlt. Beweisen konnte man es ihm nicht.«

»Danke, Carlos. Ich werde mich von Rebler und seinen Leuten fernhalten.«

Carlos blickte zu María Moreno, sie schlief noch immer. »Wenn es nicht schon zu spät ist.«

»Wie kommen Sie darauf?«

»Falls die italienische Dalia erzählt hat, dass Sie das Bild bei ihr suchen, sind Sie in großer Gefahr.«

»Ich glaube nicht, dass sie es erzählt.«

»Wenn Rebler das Foto des Bildes sieht, weiß er Bescheid.«

»Er wird es nicht sehen, ich habe es ihr nur kurz gezeigt und wieder eingesteckt.«

Plötzlich Marías Stimme: »In Ihren Taschen war das Foto nicht, Señor John.«

10

Durch die klapprigen Fenster hinter den geschlossenen Vorhängen hörte er den Aufsitzmäher lauter werden, dann leiser, verstummen, lauter werden, leiser, verstummen. Ein hingebungsvollerer Diener hätte ein paar Tage freigenommen, bis sein Herr wieder einigermaßen auf den Beinen war. Auch Carlos, bevor er mit María Moreno liiert war. Sie war es, die das so angenehm traditionelle Berufsbild ihres Liebhabers untergrub. Früher hatte Allmen das amüsiert, aber jetzt nahm er es ihr übel.

Carlos ging vormittags seiner Tätigkeit nach, als wäre nichts geschehen. Erst mittags kam er ins Gärtnerhaus zurück, zog sich um, kochte guatemaltekische Krankenkost – *maizena*, klare Geflügelsuppe aus Hühnerfüßen, -hälsen und -köpfen, Kaffee mit zu viel Honig und andere Scheußlichkeiten.

Nach dem Essen rasierte er ihn, weil die gequetschten Rippen noch immer Allmens rechten Arm behinderten. Und dabei erzählte er von Marías Fahndungsfortschritten.

Viel gab es allerdings nicht zu erzählen. Dass alles seinen gewohnten Gang gehe. Dass Claude Tenz noch nicht aufgetaucht sei, um die Sachen seines Großonkels abzuholen. Dass ihre Partnerin Pita mit Carmen Alonso befreundet sei, einem der Zimmermädchen von der vierten Etage.

»Sie soll versuchen, sich ebenfalls mit ihr anzufreunden«, hatte er Carlos geraten. Was dieser in einem respektlosen Anflug von Ironie mit »*Qué buena idea*« beantwortete. Was für eine gute Idee.

Drei Tage waren seit dem Überfall vergangen, und

Allmen fühlte sich allmählich besser. Obwohl er Carlos im Verdacht hatte, ihn mit Placebos zu füttern, irgendwelchen unbeschrifteten homöopathischen Tabletten, die ihm María beschaffte. Sein Verdacht wurde bestärkt durch Carlos' plötzliche Großzügigkeit bei der Medikamentenausgabe.

Am ersten Tag war er mit seinen physischen Beschwerden vollauf beschäftigt gewesen.

Am zweiten Tag traten die Symptome etwas in den Hintergrund und wurden langsam durch ein wachsendes Gefühl der Demütigung verdrängt.

Jetzt, am dritten Tag, kam die Wut. Es war der mit Abstand beste Zustand seit dem Überfall. Der Hass auf die, die ihn so zugerichtet hatten, auf Tino Rebler, Dalia Fioriti, Claude Tenz, Dalia Gutbauer, Cheryl Talfeld und all die anderen, die auch nur im Entferntesten damit zu tun hatten, dass er sich in diesem Zustand befand, gab ihm eine Energie, die ihn die Schmerzen und Demütigungen langsam vergessen ließ.

Im Laufe des Vormittags stand er auf und unterzog sich allein der schmerzhaften Tortur des Ankleidens. Als Carlos mit dem Mittagessen an die Schlafzimmertür klopfte, trug er eine bequeme Flanellhose, ein gestreiftes Hemd ohne Krawatte und die Kamelhaarhausjacke, die er an faulen Tagen zum Lesen und Klavierspielen trug.

»Ich esse im Salon. Und morgen gehe ich zurück ins Hotel«, verkündete er.

Als er sich später an den Tisch setzte, brachte Carlos ihm den Computerausdruck von Dalia Gutbauer mit der Debütantin Theres Schneydter.

»Don John, María sagt, diese Frau könnte Sie interessieren.«

Es war die zierliche, stark geschminkte Frau von dem Foto, das in Allmens Suite stand. Die Frau neben Hardy Frey mit dem frechen, schief sitzenden Hütchen, deren Augen Allmen so bekannt vorgekommen waren. Nur ein paar Jahre später.

Dieselben Augen. Die Augen von Teresa Cutress.

11

»¡No me digas!« Was du nicht sagst! María Moreno hing an Carmens Lippen, als hätte sie nie etwas Interessanteres gehört als diese Ausführungen zu ihren Verwandtschaftsverhältnissen. »Dann hast du also eine Tante, die zehn Jahre jünger ist als du!«

»¡Fíjate! Stell dir vor! Weil der Bruder meines Großvaters mit sechzig eine Zwanzigjährige geheiratet hat!«

Sie waren in der Mittagspause in einem nahen

Schnellimbiss etwas Kleines essen gegangen, und María hatte durch ihr überschwengliches Interesse an jeder ihrer Äußerungen rasch die Zuneigung des Zimmermädchens gewonnen, während dessen Abwesenheit das Bild aus Madame Gutbauers Schlafzimmer verschwunden war.

»Zehn Jahre jünger! Eine Tante!« Jetzt hielt María Moreno den Zeitpunkt für gekommen, um zum eigentlichen Thema vorzustoßen: »Ich habe gehört, dass deine Mutter krank ist. Schlimm?«

»Ach, es geht. Sie ist schon lange krank. Zucker.«

Pita mischte sich ein. »Aber es ist schlimmer geworden. Carmen musste nach Murcia. *¡De urgencia!*«

»Es war kein Notfall«, bemerkte Carmen.

»Weshalb bist du denn so überstürzt abgereist?«, wollte Pita wissen.

»Wenn man dir vorschlagen würde, deine Mutter zu besuchen, wärst du auch am nächsten Tag weg.«

Pita gab ihr recht. Und María Moreno stellte ihre Frage:

»Wer hat es dir vorgeschlagen?«

»Die Talfeld.«

»Die?« Pita konnte es kaum glauben.

»Sie kann auch ganz nett sein. Sie hat sich nach meiner Mutter erkundigt. Ihre war auch Diabetikerin. Man gewöhne sich daran, hat sie erzählt, und nehme es nicht mehr ernst. Und plötzlich sei man tot. Ihrer Mutter sei es so ergangen. Und sie wirft es sich heute noch vor, dass sie sie nicht öfter besucht habe.«

»Du besuchst sie doch in allen Ferien«, warf Pita ein.

»Das habe ich auch gesagt.«

»Eben.«

»Da hat sie vorgeschlagen, ich solle Madame Gutbauer sagen, meine Mutter stehe kurz vor einem diabetischen Koma. Die wisse, was das bedeute. Sie habe auch Zucker.«

»¡No me digas!«, rief María Moreno wieder aus.

»Und die Talfeld hatte recht. ›Fahren Sie zu ihr!‹, hat die Alte befohlen. Da bin ich natürlich gefahren.«

»Claro«, bekräftigten María und Pita.

»Und wisst ihr was? Die Talfeld hat sich sogar persönlich um einen Ersatz gekümmert.«

»¡Fíjate!«, riefen María und Pita aus.

Am Nachmittag – sie kämpften sich gerade durch das Chaos von Zimmer hundertvierzehn, an dessen Türklinke fast vierundzwanzig Stunden lang »Bitte nicht stören« gehangen hatte – nahm María Moreno das Thema wieder auf.

Über das Heulen des Staubsaugers hinweg sagte sie: »Wie man sich täuschen kann in den Menschen.«

»Meistens stimmt der erste Eindruck«, erwiderte Pita Costa.

»Frau Talfeld wirkt doch eiskalt. Und dann das mit Carmen.«

Pita antwortete nicht gleich. Plötzlich sang sie: *»Eso es el amor. Sí, señor.«*

María sah sie fragend an.

»Verliebt. Das Feuer der Liebe taut selbst die Kältesten ein bisschen auf.«

María schaltete den Staubsauger aus. »Verliebt? Cheryl Talfeld ist verliebt?«

Pita nickte bedeutungsschwer.

»Woher weißt du das?«

»Ich habe sie in einem Zimmer verschwinden sehen.«

»Bei einem Gast?«

Wieder das bedeutungsschwere Nicken.

»Das bedeutet noch nichts.«

»Doch. Ich habe später das Bett gemacht.«

»Ich sag's ja: Wie man sich täuschen kann in den Menschen.«

Beide kicherten. María stellte den Staubsauger wieder an. Doch nach kurzer Zeit machte sie ihn wieder aus. »Ist er noch da?«

Pita schüttelte den Kopf. »*Ya se fue*, schon gegangen.«

»Pobrecita«, sagte María. Arme Kleine.

»Aber er kommt wieder.«

»Woher weißt du das?«

»Er wird doch die Sachen von seinem toten Onkel holen.«

Dritter Teil

1

Das Licht vor seinem Badezimmerspiegel war schmeichelhaft. Das war kein Zufall, Allmen hielt viel von Lebenslügen. Warum sollte man sich durch Schonungslosigkeit das Leben schwermachen? Und zur Schonungslosigkeit gehörte für ihn auch das Licht. Nicht nur das der Wahrheit.

Die Lampen des Badezimmerspiegels schluckten die harten Schatten und damit einen Teil der Unebenheiten um Auge und Braue. Er sah besser aus, und weil sein Befinden schon immer stark von seinem Aussehen abgehangen hatte, fühlte er sich auch besser. So viel besser, dass er definitiv beschlossen hatte, ins Hotel zurückzukehren.

Er band sich eine schwarze Augenklappe um. Er hatte sie vor Jahren zu einem Maskenball in Florenz getragen, als einzige Verkleidung, denn der Frack, den er damals anhatte, war kein Kostüm gewesen. Er hatte ihn von einem Wiener Schneider eigens für den Philharmonikerball im Goldenen Saal des Wiener Musikvereins schneidern lassen. Den exklusivsten Ball der Wiener Ballsaison.

Die Augenklappe war aus gefütterter Seide und schildförmig. Ihre Bänder wurden waagrecht um die Stirn gelegt, dicht über der Augenbraue des gesunden Auges. Das gab seinem Blick eine anhaltende skeptische Strenge.

In Verbindung mit dem taubengrauen Kaschmiranzug verlieh ihm die Augenklappe die verwegene Eleganz, die zu der Stimmung passte, in der er sich befand. Seit María Morenos Anruf vor zwanzig Minuten.

Cheryl Talfeld! War die strenge Assistentin von Dalia Gutbauer tatsächlich das fehlende Glied, das die vierte Etage mit dem Hotel verband? Weder er noch Carlos hatten sie auch nur einen Moment in Betracht gezogen. Sie repräsentierte die Klientel. Ermittler pflegten ihre Klienten in der Regel nicht zum Kreis der Verdächtigen zu zählen.

Er schob den rechten Arm in das schwarze Dreieckstuch. Er konnte ihn zwar wieder einigermaßen benutzen, hatte sich sogar ohne Carlos' Hilfe rasiert. Aber so schonte er die Quetschungen am Brustkasten. Und es passte so gut zur Augenbinde.

Er hörte die Klingel. Das musste Herr Arnold sein.

Carlos erwartete ihn mit dem rotgefütterten schwarzen Crombie und warf ihn ihm über die Schultern. »*Cuídese bastante*, Don John«, gab er ihm mit auf den Weg. Passen Sie gut auf sich auf.

Herr Arnold erschrak, als er seinen Lieblingskunden sah. »Um Himmels willen, Herr von Allmen«, rief er aus, »so schlimm, das Auge?«

»Das wird schon wieder«, beruhigte ihn Allmen und wehrte Arnolds helfenden Arm ab. Er nahm mit der Linken den Mantel von den Schultern, warf ihn auf den Sitz, hielt sich am Haltegriff über der Türöffnung und ließ sich mit zusammengebissenen Zähnen hineingleiten. Herr Arnold schloss die Tür mit übertriebener Sorgfalt.

»Man ist nirgends mehr sicher«, schimpfte er, während sie den Villenhügel hinunter zur Stadt fuhren.

Allmen antwortete nicht. Er hatte an Herrn Arnold immer geschätzt, dass er keine ausländerpolitischen Taxifahrergespräche führte. Er wollte nicht damit anfangen.

Auch beim taubengrau uniformierten Türsteher und bei Herrn Klettmann, dem Concierge, erregte sein Auftritt Aufsehen. Aber Allmen winkte ab wie ein Westernheld. Nur ein Kratzer.

»Ist Frau Talfeld im Haus?«, fragte er. Er wollte den Schwung ausnutzen.

Herr Klettmann nickte.

Allmen ließ sich verbinden und bat sie um ein Treffen.

»Wann?«

»Am liebsten gleich jetzt.«

»Wo?«

»Wo wir ungestört reden können.«

Sie überlegte.

»Gerne auch in meiner Suite«, schlug er vor.

»Ich habe eine bessere Idee. Ich bin in fünf Minuten in der Lobby.«

Sie trug ein rotes Kostüm in der Farbe ihres Lippenstifts und schwarze Strümpfe mit schwarzen Lackpumps.

Allmen stemmte sich mit dem gesunden Arm aus dem Sessel und ging auf sie zu.

»Ist das eine Verkleidung, oder sind Sie verletzt?«, erkundigte sie sich mit leiser Stimme.

»Kleiner Betriebsunfall. Ist in unserer Branche leider gang und gäbe. Wo wollen wir?«

Sie führte ihn zum Lift und drückte auf den Knopf zum Untergeschoss. »Seminarräume« stand auf dem Knopf.

Er folgte ihr in einen großen Raum, durch dessen höherliegende Fenster man ein wenig von der Mauer mit der aufgemalten symmetrischen Gartenanlage sah. Der Raum befand sich unter dem Wintergarten.

Es roch etwas abgestanden, es musste eine Weile her sein, dass hier ein Seminar stattgefunden hatte. Aber auf der Flipchart, die am schmalen Ende des großen Sitzungstischs stand, waren immer noch die rührend hilflosen Zeichnungen zu sehen, mit denen Manager verzweifelt Ordnung in ihre Gedanken zu bringen versuchen.

Frau Talfeld setzte sich an den Tisch und deutete auf den Stuhl gegenüber. »Nicht sehr gemütlich, aber ungestört.«

Allmen setzte sich. »Das passt ganz gut. Was wir zu besprechen haben, ist auch nicht sehr gemütlich.«

Sie horchte auf. »Worum geht es?«

»Um Sie.«

»Um mich?«

»Um Sie und Herrn Tenz.«

Cheryl Talfeld verstummte. Ihre Miene entspannte sich, als hätte er ihr soeben eine schwere Last abgenommen. Sie lächelte. Ein weiches, stilles Lächeln, wie er es noch nie an ihr gesehen hatte. »Zehn Tage. Ich dachte, Sie würden früher draufkommen.«

Allmen hob entschuldigend die Hände. »Sie gehören zur Auftraggeberschaft.«

Auf dem Tisch standen ein paar kleine Mineralwasserflaschen, Gläser und Deckelöffner. Sie machte zwei auf und schenkte ein. Allmen sah ihr stumm zu.

Plötzlich überlegte sie es sich anders, ging zur Tür und drückte auf eine Klingel. »Ich brauche vielleicht doch etwas Richtiges. Und Sie?«

»Ich leiste Ihnen Gesellschaft.«

Sie warteten. Konzentriert und schweigend, wie zwei sportliche Gegner vor einem wichtigen Kampf.

Es klopfte. Ein Kellner trat ein und fragte: »Darf ich Ihnen etwas bringen?«

Sie bestellte einen Manhattan, Allmen schloss sich an.

Erst sah es so aus, als wolle sie weiter schweigen, bis der Kellner die Drinks gebracht hatte. Aber dann begann sie doch zu sprechen. Im vertraulichen Kennenlern-Ton.

»Wie alt sind Sie, Herr von Allmen?«

»Mitte vierzig.«

»Jung. Für einen Mann.«

»Frauen werden älter.«

»Aber sie werden es auch früher.«

»So sind sie es noch länger.«

Wieder dieses eigenartig weiche Lächeln. »Das ist kein Vorteil. Frauen sind nicht gerne alt.«

»Niemand ist gerne alt.«

»Sind Sie verheiratet?«

Allmen verneinte.

»Waren es auch nie?«

»Einmal beinahe.«

»Und jetzt? Leben Sie mit jemandem zusammen?«

Carlos und María fielen ihm ein, und er lächelte. »Nicht so, wie Sie meinen.«

»Wenn man in einem Hotel lebt, wird man tolerant in diesen Dingen.«

»Auch nicht so, Frau Talfeld.«

»Sie sind also Single, wie ich.«

»Ich dachte, Sie seien es nicht mehr?«

Es klopfte. Der Kellner brachte die Drinks und ein paar Silberschälchen mit Chips, Oliven und warmen Mandeln.

Sie warteten, bis sie wieder allein waren.

Als wäre es nie unterbrochen worden, nahm sie das Gespräch wieder auf. »Ich bin es wieder. Bin es wohl immer gewesen.«

»Und die Sache mit Herrn Tenz?«

»Just one of those things.« Sie nahm einen Schluck von ihrem Manhattan, und wieder war er beeindruckt von ihrem Zug.

Cheryl Talfeld stellte das Glas ab und straffte sich. »Ich mache Ihnen einen Vorschlag: Ich erzähle Ihnen, was Sie wissen wollen, aber nur unter einer Bedingung.«

»Und die wäre?«

»Sie behalten es für sich.«

»Ich muss doch Madame Gutbauer informieren.«

»Sie müssen das Bild wiederbeschaffen, das ist Ihr Auftrag. Und ich helfe Ihnen dabei.«

Allmen überlegte.

»Abgemacht?«

»Solange es nicht absolut unumgänglich ist«, sagte er schließlich.

Cheryl Talfeld gab sich damit zufrieden. »Was wollen Sie wissen?«

»Erzählen Sie einfach. Ich treffe dann die Auswahl.«

2

»Als Madame Gutbauer das Hotel kaufte, war ich die Food-and-Beverage-Managerin. Damals hieß das noch Vizedirektorin. Genau genommen war ich es, die den Laden schmiss. Der Direktor war ein fauler Hund.

Madame Gutbauer fand Gefallen an mir. Sie setzte mich immer wieder für Aufgaben ein, die nichts mit dem Hotelbetrieb zu tun hatten, und eines Tages bot sie mir eine Stelle als ihre persönliche Assistentin an. Ich lehnte ab, aber sie sorgte dafür, dass mir gekündigt wurde. So bin ich bei Madame Gutbauer gelandet.«

»Weshalb haben Sie sich keinen anderen Hoteljob gesucht?«

Cheryl Talfeld leerte ihr Glas bis auf die Kirsche. »Das Gehalt war hoch und die Arbeit leicht.«

»Worin besteht Ihre Arbeit?«

»Ich manage sie. Und ich halte die Verbindung zu ihrem Management.«

»Welches Management?«

Cheryl Talfeld lächelte. »Madame Gutbauer hat das Vermögen, das sie von ihrem Vater geerbt hatte, in mehreren Investitionsgesellschaften angelegt und vervielfacht. Sie hält über neunzig Prozent der Anteile. Der Rest ist auf die Geschäftsführer verteilt, die bis heute von ihr ihre Weisungen erhalten. Und das über mich. – Seien Sie so gut, und klingeln Sie noch mal.«

Allmen stand auf und klingelte. Noch im Stehen fragte er:

»Wie lange machen Sie das schon?«

»Zweiundzwanzig Jahre. Sie war siebzig und hatte genug von ihrem unsteten Leben. Sie ist ja nie lange an einem Ort geblieben und litt, so hat sie mir erzählt, wo auch immer sie war, unter Fernweh. Bis sie herausgefunden habe, dass das, was sie für Fernweh hielt, einfach Heimweh war.«

»Und weshalb hier, in diesem Kasten? Weshalb nicht in einer schönen Villa am Berg? Wenn sie ja doch nie ausgeht?«

»Ich weiß es nicht. Vieles, was Madame Gutbauer

tut, ist seltsam. Vielleicht hat es damit zu tun, dass sie hier aufgewachsen ist. Dort, wo jetzt das gläserne Bürohaus steht«, sie zeigte in die Richtung, »gleich neben dem Hotel, da stand früher ihr Elternhaus.«

Es klopfte, und der Kellner brachte die neuen Drinks. Sie warteten, bis sie wieder allein waren.

»Und Sie? Weshalb sind Sie so lange geblieben?«

»Ich habe in meinen Unterlagen neun Kündigungsschreiben. Und jedes Mal hat sie mich rumgekriegt.«

»Wie?«

»Geld. Ich fürchte, ich bin ein bisschen käuflich. Sie nicht?«

»Geld hat mir nie viel bedeutet.« Allmen sagte den Satz mit der Beiläufigkeit, mit der er ihn immer sagte. Und wie jedes Mal ließ er auch die Einschränkung weg, die lautete: außer ich habe gerade keines.

»Es muss sich nicht immer um Geld handeln. Es gibt auch andere Zahlungsmittel.«

»Zum Beispiel?«

»Liebe.«

»Verstehe.«

»Ich weiß nicht, ob Sie das verstehen. Ich habe mich zwar vorhin als Single bezeichnet. Aber das stimmt nicht. Eine Frau in meinem Alter ist kein Single. In meinem Alter ist man eine alleinstehende Frau. Da ist man anfällig für die Währung Liebe.«

»Und Tenz hat das ausgenutzt.«

Sie trank einen Schluck. Danach stellte sie das Glas vor sich hin, behielt den Stiel in der Hand und drehte es mit Daumen und Zeigefinger um seine eigene Achse. Sie konzentrierte sich darauf, dass die Kirsche möglichst an derselben Stelle blieb. Und dabei sprach sie weiter:

»Ich hatte ihn bei seinen Besuchen bei Hardy Frey kennengelernt. Ich war bald darauf gekommen, dass es ihm nicht um mich ging. Aber ich hatte keine Eile zu erfahren, was er wirklich wollte. Je später ich es erfahren würde, desto länger würde die Sache dauern, das wusste ich.« Sie warf einen kurzen Blick über den Tisch, als hätte er eine Zwischenfrage gestellt. »Richtig. Aus Erfahrung.«

Das Glas drehte sich weiter. »Ich war überrascht, als er mir sagte, worum es ihm ging. Aber letztlich war es der romantische Teil des Plans, der mich dazu brachte einzuwilligen.«

Diesmal nippte sie nur kurz an ihrem Glas und drehte es weiter.

»Er hatte einen Freund, der bereit war, viel Geld für ein Dahlienbild von Henri Fantin-Latour zu bezahlen, um es seiner Geliebten zu schenken. Claude wusste von seinem Großonkel, dass Madame Gutbauer ein solches besaß, weil dieser es vor Jahren für sie gestohlen hatte. Aus dem gleichen romantischen Grund. Es scheint die Bestimmung des Bildes zu sein, als Liebesgeschenk zu dienen.«

»Deshalb hatten Sie eingewilligt?«, fragte Allmen ungläubig.

»Das Bild war gestohlen, Frau Gutbauer konnte schlecht zur Polizei gehen. Die Sache schien nicht sehr riskant.«

»Und dann haben Sie das Mädchen zu einem Krankenbesuch zu ihrer Mutter geschickt, um Tenz Zeit zu verschaffen, das Bild aus dem Gebäude zu schmuggeln.«

Sie nickte. »Meine Aufgabe war es, das Bild aus dem Vierten zu schaffen.«

»Darf ich fragen, wie Sie das gemacht haben?«

»Nachts in einem Putzwagen. Ich musste ihn bloß in den Lift fahren und eine Etage tiefer wieder in den Gang hinausschieben. Dort wurde er von Herrn Tenz übernommen. Um alles andere kümmerte er sich.«

»Und Madame Gutbauer das Liebesgeschenk wegzunehmen war für Sie kein Problem?«

Die Antwort klang verächtlich. »Das war längst kein Liebesgeschenk mehr. Das war eine Trophäe. Genau wie Hardy Frey selbst.«

»Trophäe?«

Noch immer konzentrierte sie sich auf das Cocktailglas. »Hardy Frey ist ihre große Liebe gewesen.

Für ihn hat sie ihr Partyleben aufgegeben und ist untergetaucht. Mit ihm hat sie – wie sie sagt – die zehn schönsten Jahre ihres Lebens verbracht. Dass er sie für eine Jüngere verließ, hat sie ihm nie verziehen.«

»Teresa Cutress, nicht wahr? Geborene Schneydter. Das junge Ding, das Dalia Gutbauer in die Gesellschaft eingeführt hat.«

»Das hat sie mir so nie gesagt. Nur, dass sie eine Verräterin sei. Ich habe mir allerdings meinen Reim darauf gemacht. Teresa. Auch sie eine Trophäe.«

»Wie sind sie zu Trophäen geworden?«

»Seit ihrer Trennung hatte Madame Gutbauer ihn im Auge behalten. Behalten lassen. Hardy Frey war immer wieder mit dem Gesetz in Konflikt geraten, und sie hatte ihn jedes Mal mit Kautionen und Anwälten versorgt. Vor zehn Jahren hat sie ihn plötzlich fallenlassen. Es dauerte keine zwei Jahre, bis er völlig abgebrannt und überschuldet war. Dann holte sie ihn an Bord. Gab ihm die Suite, bezahlte seinen Aufenthalt und deckte seine Ausgaben. Acht Jahre hat er hier in vollkommener Abhängigkeit von Madame Gutbauer gelebt. Ich glaube, sie hat in der ganzen Zeit keine zehn Worte mit ihm gewechselt.«

Sie hob das noch fast volle Glas und leerte es bis zur Hälfte. »Mit seinem Anteil am Preis des Bildes hätte er sich für seine letzten Jahre noch etwas Unabhängigkeit erstanden. Diese Vorstellung gefiel mir.

Ich konnte nicht ahnen, dass es sich um seine letzten Tage handelte.«

Allmen trank einen Schluck. »Tenz wollte seinen Onkel beteiligen? Ich habe gehört, er sei ein Erbschleicher.«

»Da tut man ihm unrecht. Claude hat seinen Onkel gemocht. Er konnte stundenlang zuhören, wenn Hardy seine Geschichten erzählte. Sie waren auch geistesverwandt. Nein, nein, er tat es auch für Hardy. Sein Großonkel war eingeweiht.«

Allmen nahm es verwundert zur Kenntnis. »Und Teresa Cutress? Wie geriet sie in Dalia Gutbauers Fänge?«

»Sie hat nach Hardy einen anderen geheiratet, deswegen heißt sie Cutress. Um mit den jungen Freundinnen ihres Mannes mitzuhalten, hat sie sich immer wieder operieren lassen. Am Schluss verließ er sie dennoch und starb kurz darauf hochverschuldet. Doch das genügte Dalia nicht als Genugtuung. Als es Teresa richtig dreckig ging, hat sie sie ins Hotel geholt. Aus Nächstenliebe. Aber in Wahrheit – ich finde kein anderes Wort dafür – als Trophäe.«

In das Schweigen, das folgte, mischte sich auf einmal das Rauschen eines Platzregens, der vor den hochliegenden Fenstern aufspritzte und die Scheiben mit einem Tropfenmuster überzog.

»Und jetzt?« Ihre Frage klang schicksalsergeben.

»Jetzt? Jetzt muss ich mit Herrn Tenz sprechen.«

»Das wird nicht ganz einfach sein. Er ist unauffindbar.«

»Geben Sie mir einfach seine Nummer.«

»Habe ich nicht.«

»Niemand scheint sie zu haben. Und doch ist Tenz kurz nach Hardy Freys Tod hier aufgekreuzt. Jemand muss ihn benachrichtigt haben.«

Cheryl Talfeld schwieg.

»Sie haben versprochen, mir bei der Wiederbeschaffung des Bildes zu helfen. Dazu müssen Sie mir die Nummer geben. Sonst gilt unsere Abmachung nicht.«

Er sah ihr an, dass sie interessiert war, doch sie starrte zu den Fensterscheiben hinauf. Hinter dem Film aus Regenwasser waren verschwommen die traurigen Überreste des Hotelparks und der Pavillon zu sehen.

»Haben Sie etwas zum Schreiben?«

Er zog sein ledergebundenes Notizbuch aus der Brusttasche und zückte den rauchgrauen Ebonit-Füller.

Cheryl Talfeld diktierte ihm die Nummer. Auswendig.

3

An diesem Abend erlebte Allmen eine weitere Überraschung: Im Grillroom, an Hardy Freys Tisch, saß Teresa Cutress. Aus der Distanz und im gedimmten Licht des Restaurants sah sie tatsächlich aus wie ein junges Mädchen. Ihre alten Hände waren unter schwarzen Spitzenhandschuhen versteckt. Er nickte ihr zu, und sie nickte anmutig zurück.

Zum Chef de Service, der die Karte brachte, bemerkte er: »Frau Cutress sieht man hier auch nicht oft.«

»Seit ich hier arbeite noch nie.«

Frau Gondrand-Strub und ihre Schwester, Fräulein Strub, saßen an ihrem Tisch und tuschelten. Ganz offensichtlich über Teresa Cutress. Er musste ihnen mehrmals zunicken, bis sie reagierten. Vielleicht waren sie pikiert, dass er zuerst der Neuen zugelächelt hatte.

Der Grillroom war wie immer schwach besetzt, die wenigen Dauergäste, zu denen Allmen sich auch schon fast zählte, und eine Handvoll Hotelgäste. Das und die intime Beleuchtung verliehen dem Raum eine fast familiäre Atmosphäre. Das vereinzelte Geschirrklappern, das behagliche Gemurmel, die leisen Klavierläufe aus der Bar und die vertrauten Essensgerüche trugen ihren Teil dazu bei.

Allmen bestellte – passend zur heimeligen Stimmung – gefüllte Kalbsbrust mit Kartoffelpüree und verschiedenen Saisongemüsen. Das einzig Exotische war die Flasche Camins del Priorat, die er dazu wählte.

Während er auf den Wein wartete, tat er etwas, was er bei anderen Leuten nicht ausstehen konnte: Er legte das Handy neben den Teller. So konnte er es stummschalten und dennoch sehen, wenn der wichtige Anruf kam, den er erwartete.

Er hatte nach dem Geständnis von Cheryl Talfeld ein langes Telefonat mit Carlos geführt. Sie hatten besprochen, wie ihn die Handynummer von Claude Tenz zu seinem Aufenthaltsort führen könnte. Allmen hatte gehofft, Carlos würde über eine Möglichkeit verfügen, das Handy zu orten. Aber Carlos hatte ihm erklärt, dass das ohne die Hilfe der Polizei oder der Telefongesellschaft oder von beiden nicht möglich sei. Er hatte einen anderen Vorschlag:

»Sie hatten doch gesagt, Señor Rebler sei ein Geschäftsmann. Für den richtigen Preis verkaufe er das Bild.«

»Así es.«

»Una sugerencia, nada más.«

»Diga.«

»Vielleicht sollten wir doch versuchen, ihm ein

Angebot zu machen. Aber nicht direkt. Über Señor Tenz.«

Der Plan bestach durch seine Einfachheit. Carlos hatte Tenz' Nummer gewählt und festgestellt, dass ein Anrufbeantworter reagierte. Auf diesem sollte Allmen die folgende Nachricht hinterlassen: Madame Gutbauer sei bereit, einen hohen Betrag für das Bild zu zahlen, er solle bitte zurückrufen.

Allmen war sofort einverstanden. Was das Telefongespräch mit Carlos in die Länge gezogen hatte, war die Festlegung des Betrags.

Auch in dieser Frage erwies sich Carlos als der Praktischere: »Eine Million zweihundertachtzigtausend war der Hammerpreis des Bildes, bei dem sich Señor Rebler überbieten ließ. Gehen Sie doch einfach über dieses Limit hinaus.«

Allmen nahm den Vorschlag zur Kenntnis und sagte, er würde es sich überlegen.

Er überlegte nicht und bot zwei Millionen. Madame Gutbauer hatte schließlich gesagt, für sie sei das Bild unbezahlbar.

Dazu kam, dass das Honorar zehn Prozent des Wertes des Wiederbeschafften betrug.

Auch aus diesem Grund war der Anruf, den er erwartete, so wichtig.

4

Beim Dessert – hausgemachte Cassata – geschah etwas Bemerkenswertes. Teresa Cutress stand vom Tisch auf und stöckelte hocherhobenen Hauptes auf halsbrecherischen Pumps durch den ganzen Raum. Als Allmen merkte, dass sie auf ihn zusteuerte, erhob er sich und knöpfte das Jackett zu.

»Laden Sie ein durstiges Mädchen zu einem Drink ein?«, fragte sie.

Allmen bot ihr einen Stuhl an und wartete, bis sie sich gesetzt hatte. Die Blicke der anderen Gäste waren auf sie gerichtet. Die beiden Schwestern tuschelten aufgeregt.

»Caipirinha?«, fragte er.

»Sehr aufmerksam«, antwortete sie. Allmen bestellte, er selbst blieb bei seinem Wein.

»Steht Ihnen gut, die Augenklappe. Ist es schlimm?«

»Es geht. Ich trage sie vor allem, um den Leuten den Anblick meines Auges zu ersparen.«

»Danke.«

Sie sah ihn lächelnd an. Da waren sie wieder, die Augen der jungen Frau auf dem Foto. Ihr Glanz verriet, dass der Caipirinha nicht der erste Mutmacher des Abends war.

»Sie müssen wissen, ich bin nicht oft hier unten«, begann sie die Unterhaltung.

Allmen überlegte, ob er verschweigen solle, dass er es wusste. Aber dann entschloss er sich, den Rest des Elans auszunutzen, den ihm sein neuer Look verliehen hatte, und nicht um den heißen Brei herumzureden. »Es ist das erste Mal in vier Jahren, nicht wahr?«

Sie überhörte die Bemerkung und schenkte ihre Aufmerksamkeit dem Barkellner, der ihren Cocktail brachte.

Als er gegangen war und sie einen Schluck genommen hatte, sagte Allmen: »Sie kamen nie herunter, weil Sie Hardy Frey nicht begegnen wollten, den Sie Dalia Gutbauer ausgespannt hatten, als er noch Leo Taubler hieß.«

»Ich hatte es nie nötig, Männer auszuspannen«, bemerkte sie schnippisch. »Die kamen von selbst.«

Allmen überging die Bemerkung. »Dalia Gutbauer war eine Freundin von Ihnen. Sie hatte Sie in die Gesellschaft eingeführt.«

»Freundin«, stieß Teresa Cutress verächtlich aus. »Dalia ist fast zwanzig Jahre älter als ich. Sie war meine Patin. Meine Mutter und sie waren eine Zeitlang befreundet.«

»Dann muss es sie doppelt getroffen haben, dass Leo Taubler sie für Sie verlassen hat.«

»Darauf können Sie Gift nehmen. Sie hat es keinem von uns je verziehen.«

»Immerhin leben und lebten Sie beide hier von ihrer Großzügigkeit?«

»Großzügigkeit würde ich es nicht nennen. Es ist ihre Unversöhnlichkeit. Dadurch, dass wir hier von ihren Gnaden leben mussten, konnte sie jeden Tag ihren Triumph über uns auskosten. Wir leben von ihrer Rachsucht. Nicht sehr schön, aber recht komfortabel.«

Sie nahm einen Schluck von ihrem Cocktail. »Dass ich auf ihre sogenannte Großzügigkeit angewiesen bin, dafür hat sie auch gesorgt. Mein letzter Mann, Joe Cutress, der meine Alimente bezahlen müsste, besaß einen Zulieferbetrieb für Landwirtschaftsmaschinen. Dalia ließ über eine ihrer Finanzgesellschaften die Aktienmehrheit seines Hauptabnehmers kaufen und sorgte dafür, dass er den Auftrag verlor. Dalia musste gewusst haben, dass er keinerlei Reserven besaß und von keiner Bank mehr Kredit bekam. So einfach.« Sie hob das leere Glas. »Darf ich noch einen?«

Allmen winkte den Kellner herbei und bestellte noch einen Caipirinha. Während sie darauf warteten, wechselte er das Thema: »Bei unserem letzten Gespräch wussten Sie von einem wertvollen Bild, das Madame Gutbauer gestohlen worden ist –«

»Die Dahlien von Fantin-Latour«, unterbrach sie ihn. »Nicht wahr, hinter denen sind Sie her?«

Allmen rang kurz um seine Fassung und konterte dann: »Wenn Sie von mir Ehrlichkeit verlangen, verlange ich sie auch von Ihnen.«

Nach kurzem Zögern sagte sie: »Okay.«

Der Kellner, der den Drink brachte, verschaffte beiden noch etwas Zeit. Danach fragte Allmen: »Was wissen Sie von Fantin-Latours Dahlien?«

»Hardy – ich nenne ihn Hardy, Leo nannte sich so, nachdem er Dalia verlassen hatte –, Hardy hat es vor über fünfzig Jahren für die da oben gestohlen – ein paar der verrückten Sachen, die er gemacht hat, waren ja ganz charmant. Und so sind die Dahlien zu einem vogelfreien Kunstwerk geworden. Jeder darf es stehlen, ohne dass die Polizei gerufen wird.«

»Und diesmal?«

»Diesmal haben wir es gestohlen.« Sie führte das Glas an ihre aufgespritzten Lippen und nahm einen Schluck.

»Wir?«, rief Allmen überrascht aus.

»Hardy, Claude und ich.«

»Ich dachte, Sie hätten Hardy Frey gemieden?«

»Claude hat uns wieder näher gebracht.«

»Sie kannten Herrn Tenz?«

»Natürlich. Seine Mutter war eine Nichte von Hardy. Ich kannte ihn schon als Kind.«

»Und wie ist es ihm gelungen, Sie einander wieder näherzubringen?«

»Vor etwa einem Jahr hat er erfahren, dass sein Großonkel hier wohnt, und hat begonnen, ihn zu besuchen. Hardy, das Klatschmaul, hat ihm irgendwann verraten, dass ich auch hier wohne, und er hat auch mich manchmal besucht. Und eines Tages kam er mit dem Alten an. Von da an trafen wir uns ab und zu zu dritt bei ihm oder bei mir zum sogenannten Tee.«

Die Vorstellung gefiel Allmen. Seiner Stimme fehlte es am nötigen Ernst, als er fragte: »Und wie kamen Sie auf die Idee, das Bild zu entwenden?«

»Wissen Sie, ich lese Zeitung. In meiner Situation gibt es nicht mehr viel zu tun außer Zeitung lesen, Patiencen legen und Cocktails trinken. Eines Tages las ich die Meldung über den Fantin-Latour, der bei Murphys' einen so hohen Preis erzielt hatte, und erwähnte die Sache, weil ich von dem Bild desselben Malers wusste, das Hardy einst für Dalia gestohlen hatte. Der wiederum wusste, dass das Bild noch immer bei ihr hing, weil vor Jahren ein indiskretes Zimmermädchen es auf der Fotografie erkannt hatte, die über Hardys Bett hing. Und Claude war es schließlich, der wusste, wer der Mann war, der bei der Versteigerung überboten wurde.«

»Und Sie kamen auf die Idee, es zu klauen.«

»Nein, das war Hardy. Aber ich hatte die Idee, wie.«

»Cheryl Talfeld.«

Teresa Cutress trank den kleinen Schluck, der sich noch in ihrem Glas befand. »Claude hat sehr viel Charme.«

»Und den Gewinn haben Sie geteilt?

»Auf diese Weise verhilft Dalia uns zu ein bisschen Unabhängigkeit von Dalia.«

Allmens Handy leuchtete auf. »Tenz« stand auf dem Display. »Verzeihen Sie, das *muss* ich nehmen.«

Allmen nahm den Anruf an, sagte »Moment« und ging in die Empfangshalle. »So, jetzt kann ich reden.«

»Sie wollen mich sprechen?«

»Dringend. Wo kann ich Sie treffen?«

»Kennen Sie Biarritz?«

»Das Restaurant?«

»Die Stadt am Atlantik.«

»Kenne ich. Wo wohnen Sie?«

»Dort, wo auch Sie wohnen würden.«

»Wann?«

»Achtzehn Uhr? Aperitif?«

»In der Bar?«

»D'accord.«

Er legte auf, rief die Reiseabteilung von Allmen International Inquiries an und beauftragte sie mit der Organisation der Reise. »*Muy bien*, Don John«, sagte der Reisespezialist. »*Muchas gracias*, Carlos«, antwortete sein Auftraggeber.

5

Der Himmel hing tief über dem aufgewühlten Atlantik. Allmen hatte einen holprigen Flug in einer für seinen Geschmack viel zu kleinen Maschine hinter sich und fuhr nun in der nach kaltem Tabak stinkenden Limousine eines zum Glück wortkargen Basken auf der Küstenstraße Richtung Biarritz.

Carlos hatte ihm die Douglas-Fairbanks-Suite reserviert, seine Lieblingssuite im Hôtel du Palais. Obwohl er vorhatte, am nächsten Tag wieder zurückzufliegen, lagen im Kofferraum zwei Gepäckstücke: sein kleiner Reisekoffer und sein lederner Kleidersack auf Rollen.

Allmen trug noch immer die seidene Augenklappe. Sie hatte ihm eine bisher nicht gekannte Tatkraft verliehen. Und er glaubte, dass er diese für seine Verhandlungen mit Tenz würde gebrauchen können.

Sie passierten das schmiedeeiserne Tor und die Auffahrt zum du Palais. Der Anblick des Schlösschens auf seiner kleinen Landzunge weckte Erinnerungen an längst vergangene Augustwochen.

Der Wagenmeister, der das Entladen des Wagens dirigierte, war noch derselbe. »Monsieur de Allmen« nannte er ihn.

Er betrat die luftige Empfangshalle mit der breiten Freitreppe, die sich wie schwerelos zu den oberen Etagen emporschwang. Die junge Rezeptionistin hatte er noch nie gesehen, aber sie begrüßte ihn mit »Willkommen zurück im du Palais« und legte ihm den Meldeschein zur Unterschrift vor. Alles andere war bereits ausgefüllt. Die Adresse stimmte noch, Villa Schwarzacker. Dass Allmen inzwischen nicht mehr im Haupthaus, sondern im Gärtnerhäuschen lebte, ging auch hier niemanden etwas an.

Die Douglas-Fairbanks-Suite war unverändert: Schlafzimmer, Salon, Boudoir, alles mit ausgesuchten Empiremöbeln eingerichtet. Viel Marmor in Bad und Toilette und nach wie vor die runde Badewanne, die er schon damals als etwas deplaciert empfunden hatte.

Er ging an eines der hohen Fenster und öffnete es. Die Wellen überspülten den menschenleeren Strand. Die Sturmfahne knatterte am Mast neben dem unbemannten Lebensretterturm. Weit draußen ein unverdrossener Surfer.

Er schloss das Fenster und packte seine Koffer aus. Dann duschte er und zog den schiefergrauen Kaschmirdreiteiler an. Eine Weste konnte bei diesem Wetter nicht schaden.

Als er die Krawatte band, fiel sein Blick auf ein kleines gerahmtes Foto, und er musste lächeln. Es zeigte den jungen Douglas Fairbanks. Er trug eine Augenklappe.

Die Bar war leer bis auf ein altes Ehepaar, das aussah, als wäre es von der *tea time* übriggeblieben. Die Frau las Zeitung, der Mann löste ein Kreuzworträtsel. Es schien nicht besonders schwierig zu sein, denn jedes Mal, wenn er sie nach einem Wort fragte, wusste sie es, ohne von ihrer Lektüre aufzuschauen.

Allmen setzte sich in ein etwas abgelegenes kleines Sitzgrüppchen; er hoffte, dort später vor Mithörern sicher zu sein, und bestellte ein Mineralwasser. Er wollte nicht mehr intus haben als Tenz.

Auch die Bar hatte sich nicht verändert. Es musste fünfzehn oder sechzehn Jahre her sein, seit er das letzte Mal hier war. Aber noch immer verspürte er das Gefühl von Wehmut, das ihn am Ende seines letzten Aufenthalts umfangen hielt. Ein paar Tage zuvor hatte er von Gabrielle Tapping Abschied genommen. Sie hatten zwei unvergessliche Wochen im du Palais verbracht und dabei immer gewusst, dass es die letzten sein würden. Gabrielle war verheiratet und hatte keine Absicht, daran etwas zu ändern. Sie hatten sich im Hotel kennengelernt, und sie hatte kein Geheimnis daraus gemacht, dass ihre Geschichte nicht über ihren gemeinsamen Aufenthalt hinausgehen würde. Das war auch ganz in seinem Sinn gewesen, er wollte sich nicht binden.

Doch je näher der Tag des Abschieds gekommen

war, desto deutlicher wurde ihnen bewusst, dass es nicht so einfach sein würde. Sie waren beide drauf und dran, sich ernsthaft zu verlieben.

Nach dem tränenreichen Adieu hatte er hier noch drei melancholische Tage verbracht, und die gleiche Wehmut beschlich ihn seit seiner Ankunft.

Schlag sechs begann am anderen Ende des Raums der Pianist zu spielen. Kurz darauf betrat ein Mann die Bar, sah sich um und kam auf ihn zu.

Tenz, der Bilderdieb.

6

Er war etwas fülliger, als Allmen ihn in Erinnerung hatte, sein weißblondes Haar war windzerzaust, und er besaß den Teint eines Strandspaziergängers.

Tenz bestellte einen Campari, und Allmen schloss sich an. »Sind Sie oft im du Palais um diese Jahreszeit?«, fragte er, um das Gespräch in Gang zu bringen.

»Es ist eine der besten Arten, den europäischen April zu überstehen«, antwortete Tenz.

»Da haben Sie recht. Im du Palais und im Hassler in Rom.«

»Mir ist das Hassler etwas zu überladen«, wandte Tenz ein und kam ohne weitere Umschweife zur Sache: »Wer sind Sie?«

Allmen gab ihm sein offizielles Kärtchen. Allmen International Inquiries. *The Art of Tracing Art*. Johann Friedrich von Allmen.

»Sie sind ein Detektiv?«

»Kunstfahnder trifft es besser.«

»Sie wissen, dass das Bild schon Diebesgut war, bevor es den unrechtmäßigen Besitzer wechselte?«

»Darüber bin ich selbstverständlich informiert.«

»Ich wollte es einfach erwähnt haben. Damit wir von den gleichen Voraussetzungen ausgehen.«

Allmen nickte.

»Zwei Millionen bietet sie also?«

»Bieten ist zu viel gesagt. Ist sie bereit zu zahlen.«

»Zwei Millionen sind mir zu wenig.«

»Weshalb haben Sie mich dann herbestellt?«

»Wer bereit ist, zwei Millionen in die Hand zu nehmen, zahlt auch mehr.«

»Ich bin autorisiert, bis zwei zu gehen.«

»Niemand steigt mit dem Höchstgebot in die erste Runde.«

»Ich würde es an Ihrer Stelle nicht darauf ankommen lassen.«

Tenz musterte ihn wie ein Boxer seinen Gegner. Er wechselte die Taktik. »Das Bild ist verkauft.«

Allmen wechselte sie auch: »Ich weiß. An Tino Rebler.«

»Wenn Sie das so genau wissen, weshalb wenden Sie sich dann nicht direkt an ihn?«

»Sie haben den besseren Draht zu ihm.«

»Stimmt.« Tenz wartete ab.

»Sie haben ihn schon informiert, nicht wahr?«

Tenz nickte. »Deshalb sage ich: Zwei Millionen reichen nicht.«

»Weil er es seiner Dalia geschenkt hat.«

Falls Tenz überrascht war, ließ er es sich nicht anmerken. »Auch.«

»Was hat er Ihnen bezahlt?«

»Zu viel für Ihr Angebot. Wenn wir beide, er und ich, ein gutes Geschäft machen wollen, müssen Sie schon höher einsteigen.«

»Sie drei, wollten Sie sagen. Vergessen wir Teresa nicht.«

Diesmal schien Tenz doch etwas ertappt. Aber er blieb schlagfertig. »Wir vier. Vergessen wir auch Sie nicht.« Er lachte. Allmen fiel auf, dass er gebleichte Zähne hatte.

Allmen gab sich geschlagen. »Ich werde mit meiner Auftraggeberin Kontakt aufnehmen.«

»Tun Sie das. Am besten jetzt gleich.«

Allmen erhob sich. »Das kann schon eine Weile dauern.«

»Wir haben Zeit.«

Von seiner Suite aus rief er Carlos an.

»Wie hoch soll ich gehen, Carlos?«

»Hatte Madame Gutbauer nicht gesagt, Sie sollten beim Wert des Bildes von den dreieinhalb Millionen Dollar ausgehen, die das Blumenbild von Fantin-Latour im Jahr zweitausend bei Christie's New York erzielt hat?«

»Materiell, hatte sie betont. Immateriell das Doppelte.«

»Dann denke ich, wir können schon bis drei Millionen gehen, Don John.«

Als er zurück in die Bar kam, brachte der Kellner gerade den dritten Campari für Tenz. »Und?«, fragte er und versuchte, es beiläufig klingen zu lassen.

»Good news«, antwortete Allmen und ließ ihn noch einen Moment zappeln.

Tenz beging den Fehler, einen Schluck aus dem Glas zu trinken. Seine Hand zitterte ein wenig und ließ Allmen eine spontane Entscheidung treffen. »Zweieinhalb«, sagte er. Sein Gegenüber war schließlich auch kein ehrlicher Mann.

7

Die Rotonde war ein runder Saal in Weiß und Gold, dessen Licht aus Kristallleuchtern sich mit der blauen Dämmerung vermischte. Sie saßen am Fenstertisch von Tenz, obwohl Allmen lieber an seinem Stammtisch gesessen hätte. Dafür schloss sich dieser Allmens nostalgischer Bestellung an:

Médaillon de foie gras à l'ancienne, haricots verts als Vorspeise und als Hauptgang *Sole cuite à la poêle, beurre meunière, pommes vapeur.* Auch beim Wein überließ er Allmen die Wahl: eine Flasche Taittinger, Comtes de Champagne, Rosé 2002 für den Anfang, danach eine Flasche Château d'Yquem. Jahrgang 1996, um Madame Gutbauers Spesenrechnung nicht allzu sehr zu belasten. Und damit es, je nachdem, auch eine zweite werden durfte.

Draußen schäumte der Atlantik, und der Regen überzog die Fenster mit glitzernden Perlen. Speisen und Getränke, der für beide befriedigende Abschluss des Geschäfts und eine gewisse Seelenverwandtschaft, die nach und nach zutage trat, beflügelten das Gespräch und machten aus dem konspirativen Treffen einen unerwartet behaglichen Abend.

Auch Tenz war weitgereist, polyglott und ein Kenner und Liebhaber der angenehmeren Seiten des Lebens.

»Nicht wahr, es war Cheryl, die mich verraten hat.«

»Wir geben unsere Quellen nie preis«, erwiderte Allmen.

»Wie haben Sie sie dazu gebracht?«

Allmen gab keine Antwort.

»Eine seltsame Frau. Sie hasst Dalia Gutbauer. Und trotzdem bleibt sie bei ihr. Wie Onkel Hardy. Er hasste sie und blieb.«

»Und wie Teresa Cutress«, fuhr Allmen fort. »Hasst und bleibt.«

»Was das Geld doch aus uns macht«, sagte Tenz nachdenklich.

»Nicht das Geld. Die Leute, die es besitzen«, korrigierte ihn Allmen.

Tenz trank den letzten Schluck aus seinem Glas und dachte darüber nach. Er kam zu einem anderen Schluss: »Weder noch. Es ist nicht, was Geld aus uns macht. Es ist, was kein Geld aus uns macht.«

Die beiden heimlichen Experten im Kein-Geld-Haben waren die letzten Gäste der Rotonde. Allmen winkte dem Kellner. »Sie trinken doch auch noch ein Glas mit?«, fragte er.

Tenz nickte. Allmen bestellte bei dem enttäuschten Kellner, der gehofft hatte, er wünsche die Rechnung, noch eine Flasche Château d'Yquem und den Käsewagen.

»Mein Onkel Hardy war früher auch oft hier. Das erste Mal mit Dalia Gutbauer, Ende der fünfziger Jahre.«

»Ihr Onkel hat ein bewegtes Leben geführt.«

»O ja. Ein bewegtes Leben mit einem traurigen Ende.«

»Ich war im selben Raum, als er starb. Auf mich hat er keinen traurigen Eindruck gemacht.«

»Das täuscht. Dass ein so unsteter Mann wie er die letzten acht Jahre seines Lebens dermaßen domestiziert verbringen musste, war seiner nicht würdig.«

»Immerhin hat er sich ganz zuletzt noch einmal gewehrt.«

Tenz nickte betrübt. »Leider zu spät.«

»Für Teresa Cutress kommt es wenigstens noch rechtzeitig«, erwiderte Allmen nachdenklich.

»Hoffentlich.«

Der Kellner kam und dekantierte den Wein. Er wollte ihn Allmen zum Kosten geben, aber Tenz winkte ihn zu sich. »Sie sind mein Gast«, sagte er.

»Nein, Sie meiner«, widersprach Allmen.

Tenz schüttelte energisch den Kopf. »Wenn Sie bezahlen, bin ich Madame Gutbauers Gast. Das will ich nicht.« Er kostete den Wein und gab ihn frei.

8

Sie flogen gemeinsam in der zu kleinen Maschine zurück, auch diesmal von heimtückischen Turbulenzen durchgeschüttelt. Das Flugzeug war halbleer, und die Flight Attendant saß den größten Teil der

Reise auf ihrem Klappsitz angeschnallt und machte ein besorgtes Gesicht.

Während sie am Rollband auf ihr Gepäck warteten, fragte Tenz: »Sind Sie sicher, dass zweieinhalb das letzte Wort ist?«

»Ich fürchte, ja.«

»Und wenn er nicht anbeißt? Dann vergessen wir es?«

Allmen wusste, dass er die falsche Antwort gab, als er sagte: »Dann sehen wir weiter.«

Als ihre Koffer kamen, sagte Tenz zum Abschied: »Es ist ein Vergnügen, mit Ihnen Geschäfte zu machen.«

»Ganz meinerseits«, antwortete Allmen. Und fügte hinzu: »Mein Fahrer holt mich ab, kann ich Sie irgendwo absetzen?«

»Danke, ich werde auch abgeholt«, antwortete Tenz. Allmen vermutete stark, dass er nicht wissen sollte, wo Tenz wohnte.

Herr Arnold erwartete Allmen nach dem Zoll und nahm ihm den Gepäckwagen ab. Der Anblick seiner Augenklappe brachte ihn wieder auf das Thema »Gefährdung der öffentlichen Sicherheit«. Was vonseiten Allmens zu einer eher wortkargen Fahrt führte.

Zehn Minuten vor Eintreffen kündigte Herr Arnold telefonisch ihre Ankunft an. Carlos erwartete sie vor dem Tor mit dem kleinen Leiterwagen.

Allmen verabschiedete sich bei Herrn Arnold mit dem üblichen übertriebenen Trinkgeld. Der Chauffeur steckte es mit der gleichen verschämten Beiläufigkeit wie immer weg, als handle es sich um etwas Anstößiges. Dann brachte er seinerseits etwas Peinliches zum Vorschein: einen Briefumschlag mit dem ungelenken Logo seiner Firma.

»Das muss in Ihrer Administration untergegangen sein.«

»Worum handelt es sich?«

»Ähm, nur Rechnungen. Der letzten … ähm … Zeit.«

»Ach, wie unangenehm. Und Sie sind sicher, dass Sie sie an die Postfachadresse geschickt haben?«

»Ganz bestimmt. Es ist die einzige, die ich benutze.«

»Und mit dem Zusatz ›Rechnungswesen‹?«

»Wie immer.«

»Um wie viel handelt es sich, lassen Sie es mich gleich erledigen.« Allmen klopfte seine Taschen ab und verzog schmerzvoll das Gesicht, als er seinen gequetschten Rippen nahe kam.

»Nein, bitte, so eilig ist es nicht. Einfach …«, er hob die Hände unbeholfen in die Luft, »… einfach gelegentlich.«

Auf dem Weg zum Gärtnerhaus öffnete Allmen den Umschlag. Er enthielt eine Kopie der Rechnungen der letzten fünf Monate. In der Höhe von etwas über elftausend Franken.

Mit ein Grund, weshalb er beim anschließenden Bericht an Carlos die bewussten Fünfhunderttausend verschwieg.

9

Auf einem öden Industriegelände am Stadtrand hielt ein Taxi vor einer Lagerhalle mit der Aufschrift »STORE & BOX«. Der Fahrgast bat den Fahrer zu warten.

Am Empfangsschalter wies er sich aus und fuhr mit dem Warenlift in den zweiten Stock. Er betrat einen langen Korridor aus blaugestrichenen Metalltüren. Zur Nummer 2/14 besaß er den Schlüssel. Er öffnete das Abteil und machte Licht.

Der Raum war bis unter die Decke mit Umzugsschachteln gefüllt. Sie waren mit verschiedenen phantasievollen Firmennamen beschriftet: trapolag GMBH, DIAGLOB & Partner, Durexcal Group, SECURTOTAL AG. Das war alles, was von Claude Tenz' Firmenimperium übriggeblieben war.

Er stellte die Bockleiter aus Aluminium auf und

holte die erste SECURTOTAL-Schachtel herunter. Sie enthielt Aktenordner in verschiedenen Farben. Jeder trug auf dem Rücken ein Etikett mit dem Vordruck »SECURTOTAL Sicherheitstechnik« und eine von Hand geschriebene Inhaltsangabe.

Er nahm die Ordner heraus, prüfte die Aufschriften, räumte sie wieder in die Schachtel und holte die nächste herunter.

Erst in der achten Schachtel fand er, was er suchte: Einen Aktenordner mit der Aufschrift »Kundenanlagen Q–U«. Unter »R« war ein Dossier eingeheftet mit dem Titel Reb./Dal., Modell GZR 441212. Er nahm es heraus und öffnete es. Es enthielt ein paar Seiten mit technischen Daten, ein handschriftlich ausgefülltes Formular mit Namen und Zahlenkombinationen und eine Plastikkarte. »Sicherheitskarte« stand darauf. Darunter eine Anlagenummer, eine Schlüsselnummer und ein Code.

Tenz steckte alles in eine kleine Aktenmappe, räumte wieder zusammen, löschte das Licht, wünschte dem Mann am Empfang einen schönen Feierabend und stieg in das Taxi.

Er schaffte es gerade noch kurz vor Ladenschluss, mit der Sicherheitskarte bei einem autorisierten Schlüsseldienst einen Nachschlüssel zu bestellen.

10

Allmen hatte vorgehabt, noch am selben Abend ins Schlosshotel zurückzukehren. Aber dann hatte er nach der Lagebesprechung mit Carlos wahllos in sein Büchergestell gegriffen, sich noch ein wenig in den Lesesessel gesetzt und war in *Wind der Welt* von Blaise Cendrars hängengeblieben.

Als er merkte, dass es nach Essen roch, war es fast acht Uhr geworden. In der Küche hörte er Marías hübsches Lachen und Carlos' bedächtige Stimme. Da hatte er keine Lust mehr, den behaglichen Abend dem Grillroom des Schlosshotels zu opfern.

Am nächsten Vormittag übergab ihm Herr Klettmann mit seinem Zimmerschlüssel eine Nachricht. Er solle sich doch bitte gleich nach deren Erhalt bei Frau Talfeld melden.

In der dritten Etage roch es nach Farbe. Durch die offene Tür von Hardy Freys Suite sah er, dass das Parkett mit Tüchern ausgelegt war und zwei Maler dabei waren, die Zimmer zu streichen.

In seiner Suite war alles so, wie er es zurückgelassen hatte, nur die Luft war noch etwas muffiger. Er öffnete die Fenster in Salon und Schlafzimmer und sah auf den See hinunter. Schräg gegenüber lag die kleine Parkanlage, in der er überfallen worden war. Zwei Skateboarder übten Sprünge über einen der niedrigen Granitblöcke, zwischen denen schwere Eisenketten hingen, um den Weg symbolisch vom Rasen abzutrennen. Auf dem See fuhr ein kleines Ausflugsschiff vorbei. An Deck waren keine Passagiere zu sehen, die kühle Brise hatte sie wohl ins Schiffsinnere vertrieben.

Es klopfte. Vor der Tür stand Cheryl Talfeld. »Und? Haben Sie ihn getroffen?«

Allmen bat sie herein und bot ihr einen Sessel an.

»Danke, ich bleibe nicht. Ich wollte nur hören, wie es gelaufen ist.«

»Wir haben uns in Biarritz getroffen.«

»Biarritz«, sagte sie mit einem resignierten Lächeln. »Da wollten wir eigentlich zusammen hin.«

»Er lässt Sie grüßen.«

Sie winkte ab. »Und nun? Wie weiter?«

»Er wird versuchen, das Bild zurückzukaufen.«

Sie schüttelte den Kopf. »Ein Bild zurückkaufen, das ein Liebender seiner Geliebten geschenkt hat! Typisch.«

»Er denkt, wenn der Preis stimmt.«

»Was ist der Preis?«

»Er wird es mit drei Millionen versuchen.«

Wieder schüttelte sie den Kopf, diesmal staunend. »Und das Geld?« Sie deutete an die Decke.

Allmen nickte. »Ich solle von dreieinhalb Millionen ausgehen, hat sie gesagt. Aber für sie sei es unbezahlbar. So gesehen ist das doch ein guter Preis, oder?«

Cheryl Talfeld zuckte mit den Schultern. »Das müssen Sie Madame Gutbauer fragen.«

»Wann?«

Sie sah auf die Uhr und nahm ihren Kalender aus der Handtasche. »Nach dem Mittagessen macht sie eine Siesta, danach hat sie eine Stunde ohne Termine. Ich frage, ob sie Sie um halb vier empfängt, und gebe Ihnen Bescheid.«

»Glauben Sie, sie wird bezahlen?«

»Schwer zu sagen, Madame Gutbauer ist unberechenbar. Kann sein, dass sie Sie auslacht, kann sein, dass sie einen Wutanfall bekommt, kann sein, dass sie es ohne mit der Wimper zu zucken durchwinkt.«

Er brachte sie zur Tür. Als er die Türklinke herunterdrückte, legte sie ihre Hand auf seine. »Es bleibt dabei: Sie sagen nichts.«

»Nichts.«

11

Madame Gutbauer trug wieder ein Chanel-Kostüm, aber der Tweed war diesmal altrosa, und die Bordüren waren pistaziengrün. Die dichten weißen Haare trug sie frech toupiert, Lippen und Nägel hatten die

Farbe von altem Burgunder. Wie die beiden letzten Male empfing sie ihn im Art-déco-Salon. »Sie hätten Neuigkeiten, sagt Cheryl?«

»Allerdings«, bestätigte Allmen.

»Sie haben das Bild gefunden.«

»Fast. Ich weiß, wer es gestohlen und wem er es verkauft hat.«

»Wer?«

»Herr Tenz. Der Großneffe von Herrn Frey.«

Die Nachricht verschlug ihr nun doch für eine Sekunde die Sprache. »In Hardys Auftrag, natürlich. Dieser heimtückische, undankbare Mistkerl. Und jetzt?«

»Normalerweise benachrichtigt man in dieser Phase der Ermittlungen die Polizei.«

»Weiter.«

»Und wenn das ausgeschlossen ist, muss man die Wiederbeschaffung in die eigenen Hände nehmen.«

»Wie?«

»Es gibt wie bei jedem Konflikt zwei Wege: die Gewalt oder die Diplomatie.«

»Die Gewalt.«

»Dazu fehlen Allmen International die Ressourcen. Unser Personal ist dafür nicht ausgebildet.«

»Und die Ressourcen für die diplomatische Alternative, die haben Sie?«

»Wir nicht. Aber Sie.«

»Ich? Welche denn?«

»Geld.«

»Das ist doch keine diplomatische Ressource.«

»Die Diplomaten sind da anderer Meinung.«

Sie lächelte. »Die Zeiten sind vorbei, in denen ich mich in Diplomatenkreisen bewegt habe. Wie viel will er?«

»Drei Millionen.«

»Esel. Das Bild ist das Doppelte wert. Weiter.«

Allmen war verunsichert. Er warf Cheryl Talfeld einen fragenden Blick zu. Sie lächelte ihn an und hob den Daumen.

»Wie ist die Übergabe geplant?«

»Cash. Zug um Zug.«

Die alte Frau deutete mit dem Kinn zu der Stelle außerhalb ihres Blickfeldes, wo ihre Assistentin saß. »Cheryl wird das Nötige veranlassen. Wer macht den ersten Zug?«

»Wir.«

»Wo?«

»Sie bestimmen, wo.«

»Hardys Suite. Dann sieht der Kerl, wie leer die jetzt ist. Wann ist es so weit?«

»Sobald klar ist, ob der neue Besitzer bereit ist zu verkaufen.«

»Besitzer!«, schnaubte Madame Gutbauer verächtlich. »Wer ist es?«

Allmen zögerte. Da meldete sich Cheryls Stimme: »Jemand, der es seiner Freundin geschenkt hat. Einer jungen Italienerin – namens Dalia.«

Die alte Frau versank in Schweigen. Dann sagte sie: »Männer!«, zog ihren roten Funksender an der Halskette aus der Bluse, um der Pflegerin zu klingeln.

Doch plötzlich stutzte sie. »Wie kam das Bild überhaupt von hier oben nach unten?«

Allmen war auf die Frage vorbereitet. »Dieser Punkt wird noch untersucht. Es gibt mehrere Szenarien und Verdächtige. Im Vordergrund steht allerdings die Tatsache, dass eine der Firmen, mit denen Tenz gescheitert ist, Alarmanlagen verkaufte, installierte und unterhielt. Gut möglich, dass er daher noch etwas Fachwissen besitzt.«

Cheryl Talfeld warf ihm einen dankbaren Blick zu.

Dalia Gutbauer wollte etwas antworten, überlegte es sich aber anders und wandte sich an ihre Assistentin: »Cheryl, wollen Sie nicht schon einmal Meierhans anrufen wegen des Bargelds? Herr von Allmen leistet mir so lange Gesellschaft.«

Kaum hatte Frau Talfeld den Raum verlassen, wandte sich die alte Dame wieder an Allmen: »Ich wüsste nicht, was ich ohne sie machen würde. Etwas spröde, die Arme, aber präzise, zuverlässig, effizient und loyal.«

Allmen pflichtete ihr bei.

»Um einen Gefallen bitte ich Sie, von Allmen: Falls Ihre Untersuchungen ergeben sollten, dass Cheryl etwas mit der Sache zu tun hat – ich will es nicht wissen. Verstehen Sie? Verschonen Sie mich damit, verstanden?«

Sie machte eine lange Pause. Dann fügte sie fast etwas verschämt hinzu: »Ich möchte sie nicht verlieren. Versprochen?«

»Versprochen.« Allmen ahnte, dass er gerade dazu beigetragen hatte, die arme Cheryl Talfeld noch ein bisschen abhängiger von Dalia Gutbauer zu machen.

12

Er war sicher gewesen, dass niemand zu Hause war. Er hatte noch bei Tageslicht seinen Alfa vor dem vierstöckigen Haus geparkt und die Dämmerung abgewartet. Alles war dunkel geblieben in der Penthouse-Wohnung.

Gerade wollte er es wagen, auszusteigen und die Straße zu überqueren, da fuhr ein weißer BMW vor, und der junge Italiener stieg aus. Er ging zum Hauseingang und klingelte.

Hinter einem der Fenster ging Licht an. Der Mann

sagte etwas in die Gegensprechanlage und schlenderte zurück zu seinem Wagen.

Nach einer Viertelstunde klingelte er noch einmal und sagte wieder ein paar Worte. Nach weiteren zehn Minuten ging in der Wohnung das Licht aus, und das in der Eingangshalle flammte auf. Kurz darauf trat Dalia Fioriti aus dem Lift und ging auf die Glastür zu. Der Italiener stieg aus dem Wagen und öffnete ihr die Tür.

Als sie einstieg, sah er, dass sie unter ihrem sehr langen Mantel einen sehr kurzen Rock trug.

Tenz ließ ein paar Minuten verstreichen. Dann zog er Latexhandschuhe an, holte den Koffer aus dem Kofferraum, ging zum Hauseingang und schloss auf.

Der Lift war noch unten. Er duftete nach einem schweren Parfum. Tenz drückte auf die vierte Etage.

Die Klingel zu ihrem Appartement war nicht beschriftet. Aber am Türrahmen war ein roter Sticker mit dem Wort »ALARM!!« und dem Logo von SECURTOTAL. »Dieser Kleber bringt mehr als die ganze Anlage« war der Standardsatz, den er seinen Verkäufern eingebleut hatte.

Er wiederholte noch einmal den sechsstelligen Code, den er sich beim Warten eingeprägt hatte, schloss die Tür auf und trat ein.

Sofort begann die GZR 441212 zu piepsen, das

blinkende Rotlicht zeigte ihm die Stelle neben der Garderobe, wo das Bedienungskästchen angebracht war. Er tippte den Code ein. Das Piepsen verstummte.

In der Wohnung hing die gleiche Parfumnote wie im Lift. Tenz machte kein Licht. Er zog eine kleine LED-Lampe aus der Hosentasche und sah sich um.

Er befand sich in einem großen Wohnzimmer mit zwei raumhohen Fensterfronten auf die Dachterrasse, einem Rundkamin, einem überdimensionierten Flachbildschirm und einer offenen Küche. Der Raum war sparsam mit Designmöbeln eingerichtet und kahl, doch an den Wänden lehnten ein paar große gerahmte Grafiken, als warteten sie darauf, aufgehängt zu werden.

Tenz ging in den nächsten Raum. Es war das Schlafzimmer, dessen Licht er von der Straße aus gesehen hatte. Das riesige Doppelbett war zerwühlt, und am Boden lagen Kleider und Wäschestücke. Die Türen des Schranks, der die ganze Wand ausfüllte, standen offen.

Auf einem der beiden Nachttische stand ein gerahmtes Foto. Es zeigte Tino Rebler und Dalia Fioriti. Beide strahlend, beide in Badehosen, beide oben ohne.

Der Fantin-Latour hing über dem Bett.

Tenz zog die Schuhe aus und stieg auf die Matratze. Als er das Bild abhängte, sah er einen Kontakt an der Wand, der in den Unterlagen der SECURTOTAL nicht erwähnt war. Die Nachfolgerfirma musste ihn nachträglich angebracht haben. Als Diebstahlsicherung eines nun zum dritten Mal gestohlenen Gemäldes.

Er ging mit dem überraschend schweren Bild auf der weichen Matratze zurück zum Bettrand und verlor dabei das Gleichgewicht. Weil er das Bild nicht loslassen wollte, konnte er den Sturz nicht mit den Händen abfangen, und beim Versuch, es mit den Füßen zu tun, verstauchte er sich den linken Knöchel. Das Bild krachte auf den polierten weißen Betonboden und er hinterher. Dabei schürfte er sich die rechte Wange am Bilderrahmen auf. Der Rahmen ging an einer Ecke aus dem Leim.

Auf dem Nachttisch stand eine Box mit Kleenex, mit denen er das Blut stillte. Danach verstaute er das Bild im Koffer, stellte die Alarmanlage wieder scharf und humpelte davon.

13

Die Dreihundertvier erinnerte ihn an die Zimmer seiner Villa Schwarzacker am Tag vor dem Einzug der Treuhandfirma. Wände und Decken frisch gestrichen, Türen und Türrahmen neu lackiert, Parkett gebohnert und alle Fenster geöffnet, damit sich der Geruch nach Farbe, Lack und Bohnerwachs verflüchtigte.

Die einzige Sitzgelegenheit war das breite Fenstersims. Dort saß Allmen, sah auf das Dach des Wintergartens und den Pavillon hinunter und wartete auf den erfolgreichen Abschluss des Dahlien-Falles.

Am Vortag hatte Tenz ihn angerufen. »Mit einer guten und einer schlechten Nachricht.« Allmen wollte, wie immer, zuerst die gute hören. Sie lautete: »Er verkauft.« Die gute Nachricht begeisterte Allmen derart, dass ihn die schlechte nicht erschütterte. Sie lautete: »Er will zwei Komma acht.«

Allmen sagte, er werde die Frage gleich abklären und zurückrufen. Er bestellte eine Flasche Champagner aufs Zimmer und las eine Stunde. Dann rief er zurück mit der guten Nachricht, dass Madame Gutbauer bereit sei zu zahlen. Zweihunderttausend, dachte er, waren immer noch ein netter Nebenverdienst.

Es war wieder die unverzichtbare Cheryl Talfeld, die den praktischen Teil übernahm. Sie verließ das Hotel und kam eine gute Stunde später in Begleitung eines unauffälligen Herrn mit einem weinroten Aktenkoffer aus Kunstleder zurück. Zehn Minuten vor der Übergabe werde sie den Koffer in der Dreihundertvier abliefern.

»Ach, Sie sind bei der Übergabe nicht dabei?«, wunderte sich Allmen.

»Herr Klettmann wird sich auf dem Korridor aufhalten. Und vielleicht bieten Sie jemanden aus Ihrem Team zu Ihrer eigenen Sicherheit auf.«

So kam es, dass – während er auf dem Fenstersims auf Tenz' Auftritt wartete – Carlos mit einer grünen Schürze getarnt auf dem Gang herumstrich und María Moreno bei geöffneten Türen in Allmens Suite zugange war.

Er blickte auf den kleinen Rasen hinunter. Ein Gärtner hatte zu mähen begonnen. Die Bahnen von rechts nach links ergaben ein helleres Grün als die von links nach rechts.

Es klopfte, und fast im selben Moment trat Cheryl Talfeld ein. Sie trug den Aktenkoffer und überreichte ihn Allmen, der ihr entgegengekommen war. »Gezählt«, stellte sie fest. »Große Noten. Dreißig Bündel à hundert mit Originalbanderolen.«

Allmen stellte den Koffer auf den Boden und riskierte die Frage: »Wollen Sie nicht doch dabei sein?«

Zu seiner Erleichterung antwortete sie: »Ich will diesen Mann nicht mehr sehen, das müssen Sie verstehen.«

Das altmodische Telefon, das auf dem Boden stand, klingelte. »Das wird er sein«, sagte er, und sie verließ eilig den Raum.

Allmen hob ab. Es war Klettmann. »Ich bringe jetzt Herrn Tenz hinauf«, meldete er.

Allmen öffnete den Koffer, nahm zwei Bündel heraus und steckte je eines in beide Brusttaschen.

Es klopfte, und Allmen öffnete.

»Besuch für Sie«, sagte der Concierge und trat beiseite.

Zuerst kam ein Bellboy mit einem Koffer. Er sah sich um und stellte dann das Gepäckstück mitten im Raum ab. Allmen gab ihm gewohnheitsmäßig ein Trinkgeld, und er verließ den Raum.

Jetzt erst trat Tenz ein. Er sah sich vorsichtig um und hinkte dann auf Allmen zu. Auf der rechten Wange trug er ein Pflaster.

Allmen gab Tenz die Hand und deutete auf dessen Verletzungen. »So hart, die Verhandlungen?«

Tenz zeigte ein kleines Grinsen.

»Sind Sie allein gekommen? Ich dachte, er würde mindestens einen seiner Beschützer mitschicken.«

»Die warten unten. Und Sie? Auch allein?«

»Die warten draußen.«

Allmen bückte sich zum Geldkoffer und öffnete ihn. Tenz warf einen Blick darauf und öffnete seinen Hartschalenkoffer. Weiße Füllstoffchips quollen heraus. Er befreite das Bild, wickelte es aus seiner Luftpolsterfolie und lehnte es an die Wand.

Allmen kauerte sich davor.

Dalia Gutbauer hatte recht. Im Original war es Fantin-Latours schönstes Dahlienbild. Die Blumen hatten in ihren überreifen Farben gerade den Zenit überschritten, und die Blütenköpfe begannen, schwer zu werden. Er meinte, das bereits etwas faulige Blumenwasser zu riechen und die Kühle des abgedunkelten Raums zu spüren, in dem der üppige Strauß in seiner schlichten Vase stand.

»Der Rahmen scheint ein bisschen beschädigt, aber das Bild ist intakt.«

Während Allmen das Werk betrachtete, zählte Tenz das Geld. Jetzt machte er den Koffer zu und rappelte sich mit schmerzverzerrtem Gesicht auf. »Das wär's dann«, sagte Allmen. »Gratuliere.«

»Gleichfalls.«

»Und jetzt? Zurück nach Biarritz?«

Tenz schüttelte den Kopf. »Zu wenig weit weg.«

Sie gaben sich die Hand, Allmen öffnete ihm die Tür und sah ihm nach, wie er durch den Korridor zum Lift hinkte.

14

Der vielgereiste Allmen war ein ganz passabler Kofferpacker. Aber Carlos hatte es in dieser Disziplin zur Meisterschaft gebracht.

Und wo dieser nun schon einmal hier war, bat Allmen ihn gleich nach dem Abgang von Tenz um einen großen Gefallen.

Schon als Carlos *»gran favor«* hörte, wusste er, worum es sich handelte, und begann zu packen. Die Aufgabe war besonders schwierig, weil es die vielen Besuche zu Hause mit sich gebracht hatten, dass Allmen bei seiner Abreise mehr Kleider besaß als bei seiner Ankunft.

Während sich Carlos dieser Aufgabe widmete, ließ sich Allmen bei Madame Gutbauer anmelden und fuhr mit dem Bild in die vierte Etage.

Cheryl Talfeld erwartete ihn in der Halle. Monsieur Louis nahm ihm den Koffer mit dem Bild ab und ging voraus in Madame Gutbauers unbenutztes Schlafzimmer. Er öffnete feierlich den Koffer, nahm das Bild heraus, inspizierte die defekte Stelle am Rahmen und murmelte etwas Unverständliches. Er verließ den Raum und kam mit einer Rolle Teppichklebeband zurück. Damit gelang es ihm, den Spalt, der sich in der Eckfuge des Rahmens gebildet hatte, einigermaßen zu schließen. Er hängte das Bild zurück an seinen Platz zwischen den Porträts. Den anderen Porträts, dachte Allmen.

Während Frau Talfeld ihre Chefin holte, standen Allmen und der Butler stumm und verlegen vor dem Bild.

»Schön«, sagte Allmen, um der Situation etwas von ihrer Peinlichkeit zu nehmen.

»Sie sagen es«, antwortete Monsieur Louis feierlich.

Das Toc. Toc. Toc. Toc. von Madame Gutbauers Gehgestell erlöste sie aus der Verlegenheit.

Grußlos betrat sie den Raum in Begleitung ihrer Pflegerin. Sie ging auf das Bild zu und blieb erst ganz nahe davor stehen.

Das Erste, was sie sagte, war: »Es ist beschädigt.«

»Nur der Rahmen«, sagten Monsieur Louis und Allmen im Chor.

Ein paar Minuten lang starrten alle fünf auf die Dahlien. Allmen sah Dalia Gutbauer von der Seite an. Ihrem zerfurchten geschminkten Gesicht war nicht anzusehen, was in ihr vorging. Befriedigung? Triumph? Resignation?

Unvermittelt wandte sie sich ab und sagte: »So!«

Beim Hinausgehen gab sie Cheryl Anweisungen. »Kümmern Sie sich um den Rahmen. Und lassen Sie die Sicherheitsvorkehrungen auf den neuesten Stand bringen.«

Monsieur Louis öffnete ihr die Tür. Sie blieb noch einmal stehen. »Ach ja, und erledigen Sie das Administrative mit Herrn von Allmen.«

Sie drehte sich zu ihm um. »Gut gemacht, von Allmen.«

Cheryl und Allmen blieben stehen, bis das Toc. Toc. Toc. Toc. verstummte.

»Ich habe noch immer nicht verstanden, worum es ihr geht«, wunderte sich Allmen, »für drei Millionen hätte sie sich einen anderen Fantin-Latour kaufen können. Einen, der nicht mit all diesen Erinnerungen belastet ist. Oder sind es genau die Erinnerungen, um die es ihr geht?«

Cheryl Talfeld schüttelte den Kopf. »Madame Gutbauer geht es immer um Sieg oder Niederlage.«

Auf dem Weg zum Lift sagte sie: »Claude hat gestern angerufen.«

Allmen erschrak. »Was wollte er?«

Sie lächelte. »Sich entschuldigen. Immerhin.«

»Und sonst?«

»Ein bisschen geplaudert.«

»Worüber?«

»Dies und das.«

»Sie haben ihn hoffentlich zum Teufel gewünscht.«

»Alles Gute habe ich ihm gewünscht. Morgen reist er ab.«

»Wohin?«

»Hat er nicht gesagt. Nur sehr, sehr weit.«

»Gute Idee.«

»Zum Administrativen: Sie schicken mir Ihre Rechnung und ich Ihnen das Geld. Okay?«

»Unsere Buchhaltung wird sich bei Ihnen melden.«

»Also dann« – sie hielt ihm die Hand entgegen –, »alles Gute. War nett, Sie kennenzulernen.«

Sie gaben sich die Hand. Allmen fand, ihre Züge seien etwas weicher geworden.

»Und Sie sagen nichts, versprochen?«, bat sie noch einmal.

»Versprochen.«

»Dann sage ich auch nichts, versprochen.«

»Wovon?«

»Von den Zweihunderttausend.«

Sie küsste ihn auf die Wange und öffnete die Lifttür.

15

Ethan Saunter, ein englischer Werkzeugmacher, der für drei Wochen in der Stadt war, um die Installation einer Abfüllanlage zu überwachen, stand wie jeden Tag um sechs Uhr auf und verfluchte die Schweizer Arbeitszeiten.

Als er im Bad Licht machte, gingen im ganzen Appartement vierhunderteins die Lichter aus. Er rief die Notfallnummer der Verwaltung an. Es dauerte beinahe eine halbe Stunde, bis ein schlaftrunkener Hauswart aufkreuzte. Er öffnete den Sicherungskasten und schaltete die Hauptsicherung wieder ein. Sie sprang augenblicklich wieder raus.

Es war Saunter, der auf die Idee kam, den Lichtschalter im Bad zurückzuschalten. Jetzt blieb die Sicherung oben.

In dem Licht, das aus dem kleinen Zimmer mit Kochnische ins Badezimmer fiel, sahen sie, dass an mehreren Stellen in breiten Bahnen Wasser von den Wänden lief. Es musste von dem Bad des Appartements 501 kommen.

Der Hauswart eilte die Treppe hinauf und betrat die Nummer fünfhunderteins, die nicht vermietet war. Das Bad stand offen, wie das bei den unvermieteten Appartements üblich war. Auch hier lief Wasser von den Wänden.

Der Hauswart rannte die Treppe hinauf und klopfte an die Tür von Nummer sechshunderteins. Niemand antwortete.

Er betrat die Nummer sechshundertzwei, ebenfalls unvermietet, und rief vom dortigen Telefon die sechshunderteins an. Keine Antwort. Dabei war er sicher, dass der Mieter da war.

Er ging zurück zur Tür, klopfte und rief. Nichts geschah. Da öffnete er mit dem Generalschlüssel.

Im Appartement herrscht eine große Unordnung. Die Matratze lag auf dem Boden, das Bett war gegen die Wand gekippt, alle Schränke standen offen,

Kleider und Wäsche lagen auf dem Boden zerstreut.

Auch hier stand die Badezimmertür offen. Der Hauswart stieg über den weinroten Aktenkoffer aus Kunstleder, der mit aufgebrochenen Schlössern in der Tür lag, und sah einen weißblonden Haarschopf in der Badewanne. Er ging näher. Der tote Mann war bekleidet. Der Duschkopf lag in der Wanne. Der Überlauf hatte den Saum des Duschvorhangs angesaugt. Das Badewasser war zartrosa gefärbt und lief über.

Der Hauswart würgte, ging zur Toilette und übergab sich. Dann benachrichtigte er die Polizei.

16

Bei Sturm klingt ein Park wie eine Autobahn.

Allmen lag im Bett und versuchte, das Vorbeirauschen der Böen in den mächtigen Bäumen zu überhören. Es gelang ihm nicht, obwohl er ein virtuoser Schläfer war. Schon als kleiner Junge hatte er gemerkt, welch sicheres Versteck vor dem Leben der Schlaf war. Und so, wie sich dieses Leben in seinem Fall entwickelt hatte, wurde der Schlaf sein bester Verbündeter im Kampf gegen die Wirklichkeit.

Aber an diesem Morgen ließ er ihn im Stich.

Es war die zweite Nacht, seit er das Schlosshotel verlassen hatte. Den vergangenen Tag hatte er in der alten Routine verbracht und jede Minute davon genossen.

Er hatte sich von Carlos' *early morning tea* wecken lassen und noch ein wenig gedöst. Gegen halb elf hatte er im Viennois zwei Schalen getrunken und ein Croissant gegessen. Um ein Uhr servierte ihm Carlos kaltes Huhn, Guacamole und Tortilla. Danach legte er sich für eine Siesta ins Bett und erwachte erst nach drei Uhr.

Zum Tee überraschte ihn Carlos mit der Nachricht, dass auf dem Konto bereits die dreihundertzweiundsechzigtausend eingegangen waren, die er gestern über das Internet fakturiert hatte.

Danach spielte er noch ein Stündchen Klavier, las ein paar Gedichte des wunderbaren Rainer Brambach und zog sich um zum Ausgehen.

Als er Carlos bat, Herrn Arnold zu bestellen, merkte er, dass etwas nicht stimmte. Er schien bedrückt und zerstreut. »¿*Qué pasa*, Carlos?«, fragte er. Was ist los?

»María, Don John, ich weiß nicht, wo sie ist.«

Erst jetzt fiel Allmen auf, dass er sie den ganzen Tag noch nicht gesehen hatte.

»Sie hat Dr. Hubers auf den Vormittag vorverlegt, danach wollte sie einkaufen gehen. Auf ihrem

Handy meldet sie sich nicht. Und Frau Dr. Huber sagt, sie sei kurz nach dreizehn Uhr gegangen.«

Allmen war in die Goldenbar zum Apéro gegangen und hatte danach ein Gastspiel der Wiener Philharmoniker besucht, auf das er sich schon seit Wochen gefreut hatte. Anschließend hatte er mit ein paar Bekannten im Promenade ein spätes Abendessen zu sich genommen.

Als er das Vestibül des Gärtnerhauses betrat, kam Carlos die Treppe herunter. Er war angekleidet, und Allmen sah ihm an, dass er gehofft hatte, es sei María.

Er hatte noch immer nichts von ihr gehört. Niemand, den sie kannte, hatte von ihr gehört.

Allmen schlug vor, noch einen Nightcap zu trinken, und bat Carlos, ihm Gesellschaft zu leisten. Der brachte ihm einen Armagnac. Er selbst nahm einen seiner stundenlang warmgehaltenen Filterkaffees.

»Hatten Sie Streit, Carlos?«

»*No,* Don John«, versicherte Carlos. Aber dann fügte er hinzu: »Streit kann man es nicht nennen.« Es klang fast ein wenig hoffnungsvoll.

»Eine Meinungsverschiedenheit?« Davon gab es viele im Alltag des Paares. Der überkorrekte, introvertierte Carlos und die überschwengliche, lebenshungrige María waren oft verschiedener Meinung.

»*Sí,* Don John, eine Meinungsverschiedenheit.

Aber nichts, weswegen sie davonlaufen würde. Sonst hätte sie schon oft davonlaufen können.«

»Das kann man nie sagen, Carlos. Sie wissen ja, wie unberechenbar Frauen sein können. Die gleiche Sache, die sie zehnmal unberührt lässt, bringt sie beim elften Mal in Rage.«

Das war eine weitere weibliche Eigenschaft, die Carlos nicht vertraut war, aber er nahm sie dankbar zur Kenntnis. Sie suchten noch ein wenig nach Beispielen aus dem Alltag mit María und nach solchen aus Allmens Erfahrungsschatz mit dem weiblichen Geschlecht. Dann wünschten sie sich gute Nacht.

Aber es wurde keine gute Nacht. Immer wieder erwachte Allmen von Carlos' Schritten über ihm. Etwas, was ihn noch nie gestört hatte. Und als auch noch Wind aufkam, schlief er nur noch in kurzen Etappen. Jetzt lag er im Bett und wartete, bis Carlos ihm den *early morning tea* brachte.

Am liebsten wäre er aufgestanden und hätte ihn gefragt, ob es etwas Neues gebe. Aber wenn er das täte und es gäbe keine Neuigkeiten, würde er Carlos noch nervöser machen.

Als er ihm endlich den Tee brachte, sah Allmen sofort, dass es keine guten Nachrichten gab.

»¿Sin novedad?«, fragte er. Ohne Neuigkeiten?

»Sin«, antwortete Carlos und ging wortlos wieder hinaus.

Allmen ließ den Tee stehen, ging ins Bad und zog sich an. Carlos trug nicht wie sonst um diese Zeit seine Gartenarbeitskleider. Er war aber auch nicht als Hausdiener gekleidet, sondern steckte in einem von Allmens auf seine Größe umgeschneiderten Anzügen. Als würde er jederzeit damit rechnen, aus dem Haus gehen zu müssen.

»*¿La policía?*«, fragte Allmen vorsichtig. Er wusste, dass Carlos es nur im äußersten Fall tun würde. Papierlose Männer melden ihre papierlosen Frauen nicht so schnell als vermisst.

Aber aus Carlos' Reaktion war ersichtlich, dass er diese Möglichkeit ins Auge fasste. Er zuckte mit den Schultern und sagte: »*Tal vez.*«

Allmen versuchte, noch etwas Zeit zu gewinnen. »Wenn wir bis Mittag nichts gehört haben, rufe ich an.«

Er schlug Carlos vor, seiner Arbeit nachzugehen, dann vergehe die Zeit schneller. Aber der lehnte ab. Er wolle in der Nähe des Telefons bleiben.

Der Wind hatte sich gelegt, und nun begannen schwarze Wolken, den Himmel zu verdunkeln und den Tag zum Abend zu machen. Die Stimmung in dem kleinen Gärtnerhaus wurde noch gedrückter.

Beide taten, als beschäftigten sie sich. Carlos räumte einen Küchenschrank aus und reinigte ihn mit warmem Seifenwasser. Allmen saß an seinem Sekretär und schrieb mit dem Füller einen Brief an einen alten kanadischen Studienkollegen, mit dem er manchmal noch in dieser altmodischen Form korrespondierte.

Zweimal schreckte das Telefon sie aus ihren vorgetäuschten Beschäftigungen. Einmal war es ein Telefonverkäufer für eine Versicherung, ein anderes Mal Allmens englischer Schneider mit einem Terminvorschlag für eine Anprobe.

Gegen Mittag hatten sie noch immer nichts gehört.

»*Una sugerencia, nada más*, Don John.«

»*Diga.*«

»Wir rufen die Krankenhäuser an. Erst wenn wir bei denen keinen Erfolg haben, melden wir María als vermisst.«

Carlos musste diese Maßnahme schon länger in Erwägung gezogen haben, denn er hatte eine Liste mit allen Notfallstationen vorbereitet.

Er wählte die erste Nummer, die des Stadtspitals, und reichte Allmen den Hörer.

Noch bevor sich jemand meldete, klingelte Allmens Handy. Carlos unterbrach das Gespräch auf dem Festnetz und reichte ihm das Handy.

»Señor John«, sagte eine Frauenstimme, »*soy yo*, María.«

»María! Wo sind Sie?«, rief Allmen.

Carlos schnappte sich das Handy. »¿María, *mi amor, dónde estás?*« Er verstummte und reichte es Allmen zurück.

Eine Männerstimme sagte auf Italienisch: »Sie ist tot, wenn Sie nicht tun, was wir sagen.«

Allmen hielt das Mikrofon zu und raunte Carlos zu: »Jemand, der Lösegeld will.«

Er nahm den Daumen vom Mikrofon und fragte: »Was wollen Sie?«

Der Anrufer gab eine kurze Antwort und beendete das Gespräch, Allmen legte das Handy beiseite.

»¿*Qué piden*, Don John? Was wollen die?«, fragte Carlos bange.

»Die Dahlien, Carlos.«

Das Diogenes Hörbuch zum Buch

Martin Suter
Allmen und die Dahlien

Ungekürzt gelesen von Gert Heidenreich

4 CD, Spieldauer 280 Min.

Martin Suter im Diogenes Verlag

Small World

Roman

Erst sind es Kleinigkeiten: Konrad Lang, Mitte sechzig, stellt aus Versehen seine Brieftasche in den Kühlschrank. Bald vergisst er den Namen der Frau, die er heiraten will. Je mehr Neugedächtnis ihm die Krankheit – Alzheimer – raubt, desto stärker kommen früheste Erinnerungen auf. Und das beunruhigt eine millionenschwere alte Dame, mit der Konrad seit seiner Kindheit auf die ungewöhnlichste Art verbunden ist.

»Fesselnd. Eine der großen Qualitäten von Martin Suters Roman liegt in der Präzision, mit der er die Krankheit und Umgebung beschreibt, und in der Gelassenheit, mit der er die Geschichte langsam vorantreibt.« *Le Monde, Paris*

Auch als Diogenes Hörbuch erschienen,
gelesen von Dietmar Mues

Die dunkle Seite des Mondes

Roman

Starwirtschaftsanwalt Urs Blank, fünfundvierzig, Fachmann für Fusionsverhandlungen, hat seine Gefühle im Griff. Doch dann gerät sein Leben aus den Fugen. Ein Trip mit halluzinogenen Pilzen führt zu einer gefährlichen Persönlichkeitsveränderung, aus der ihn niemand zurückzuholen vermag. Blank flieht in den Wald. Bis er endlich begreift: Es gibt nur einen Weg, um sich aus diesem Alptraum zu befreien.

»Eine gründlich recherchierte, präzise, elegant und humorvoll geschriebene Geschichte. Martin Suter bietet ein Optimum an Belehrung, Spannung und Vergnügen.« *Friedmar Apel / Frankfurter Allgemeine Zeitung*

»Das Buch ist spannend wie ein Thriller und trifft wie ein Psycho-Roman – eine ungewöhnliche Variante von *Dr. Jekyll und Mr. Hyde.*« *Brigitte, Hamburg*

Auch als Diogenes Hörbuch erschienen, gelesen von Gert Heidenreich

Ein perfekter Freund

Roman

Durch eine rätselhafte Kopfverletzung hat der Journalist Fabio Rossi eine Amnesie von fünfzig Tagen. Als er seine Vergangenheit zu rekonstruieren beginnt, stößt er dabei auf ein Bild von sich, das ihn zutiefst befremdet. Er scheint merkwürdige Dinge getan, ein seltsames Verhalten an den Tag gelegt zu haben in jener Zeit. Aber offenbar gibt es Leute, denen es lieber wäre, jener Fabio bliebe ausgelöscht.

»In Martin Suters *Ein perfekter Freund* hungern die Leser nach Informationen wie die Hauptfigur. Jedes neue Häppchen wird stilvoll serviert: keine Schnörkel, keine langatmigen Beschreibungen, viele, aber keine überflüssigen Details. Handlung ist Trumpf, Suter das As.« *Frankfurter Rundschau*

Lila, Lila

Roman

So rein wie die Liebesgeschichte, die er als Manuskript in einem alten Nachttisch findet, sind auch Davids Gefühle für Marie. Und er möchte ihre Liebe, um jeden Preis. Dafür muss er ein anderer werden als der, der er ist. David schlüpft in eine Identität, die ihm irgendwann über den Kopf wächst.

»Wie stets bei Martin Suter geht es auch in seinem wunderbar geschriebenen Roman *Lila, Lila* um den Verlust von Identität. Suter packt einen von der ersten Seite an. Unbedingt lesen!« *Brigitte, Hamburg*

Lila, Lila wurde 2009 von Alain Gsponer mit Daniel Brühl, Hannah Herzsprung und Henry Hübchen in den Hauptrollen verfilmt.

Auch als Diogenes Hörbuch erschienen,
gelesen von Daniel Brühl

Der Teufel von Mailand

Roman

Sonias Sinne spielen verrückt: Sie sieht auf einmal Geräusche, schmeckt Formen oder fühlt Farben. Ein Aufenthalt in den Bergen soll ihr Gemüt beruhigen, doch das Gegenteil tritt ein: Im Spannungsfeld von archaischer Bergwelt und urbaner Wellness, bedrohlichem Jahrhundertregen und moderner Telekommunikation beginnt ihre überreizte Wahrnehmung erst recht zu blühen – oder gerät die Wirklichkeit aus den Fugen?

»Hochspannender Stoff, angerichtet mit der für den Schweizer Bestsellerautor Martin Suter so typischen Milieukenntnis, die dem Roman die wunderschönen Boshaftigkeiten schenkt.«
Verena Lugert/Neon, München

Auch als Diogenes Hörbuch erschienen,
gelesen von Julia Fischer

Der letzte Weynfeldt

Roman

Adrian Weynfeldt, Mitte fünfzig, Junggeselle, großbürgerlicher Herkunft, Kunstexperte bei einem internationalen Auktionshaus, lebt in einer riesigen Wohnung im Stadtzentrum. Mit der Liebe hat er abgeschlossen. Bis ihn eines Abends eine jüngere Frau dazu bringt, sie – entgegen seinen Gepflogenheiten – mit nach Hause zu nehmen. Am nächsten Morgen steht sie außerhalb der Balkonbrüstung und droht zu springen. Adrian vermag sie davon abzuhalten, doch von nun an macht sie ihn für ihr Leben verantwortlich. Weynfeldts geregeltes Leben gerät aus den Fugen – bis er schließlich merkt, dass nichts ist, wie es scheint.

»Martin Suter spinnt und spannt über Adrian Weynfeldt ein höchst intrigantes, höchst elegantes, cooles Netz um Kunstmarkt, Kunst und Lebenskunst.«
Elmar Krekeler / Die Welt, Berlin

Auch als Diogenes Hörbuch erschienen,
gelesen von Gert Heidenreich

Der Koch

Roman

Maravan, 33, tamilischer Asylbewerber, arbeitet als Hilfskraft in einem Zürcher Sternelokal, tief unter seinem Niveau. Denn Maravan ist ein begnadeter, leidenschaftlicher Koch. Als er gefeuert wird, ermutigt ihn seine Kollegin Andrea zu einem Deal der besonderen Art: einem gemeinsamen Catering für Liebesmenüs. Anfangs kochen sie für Paare, die eine Sexualtherapeutin vermittelt. Doch der Erfolg von *Love Food* spricht sich herum, und eine viel zahlungskräftigere Klientel bekundet Interesse: Männer aus Politik und Wirtschaft – und deren Grauzonen.

»Martin Suter erzählt umstandslos, geschliffen, handwerklich so brillant, dass Neider es als konventionell abqualifizieren müssen.« *Die Weltwoche, Zürich*

Auch als Diogenes Hörbuch erschienen,
gelesen von Heikko Deutschmann

Die Zeit, die Zeit

Roman

Etwas war anders, aber er wusste nicht, was.
Ist es verrückt, wenn einer glaubt, die Zeit lasse sich »zurückdrehen«? Es ist verrückt, denkt Peter Taler anfangs, als er das Vorhaben des alten Knupp begreift,

der ihm gegenüber wohnt. Denn der möchte etwas denkbar Unmögliches möglich machen.

»Wie immer genial konstruiert. Ein Roman, der zum Denken anregt und unsere Welt für einen Moment auf den Kopf stellt. Ein absolutes Muss für alle Suter-Fans und die, die es werden wollen.«
Nicole Abraham / HR1, Frankfurt am Main

Auch als Diogenes Hörbuch erschienen, gelesen von Gert Heidenreich

Außerdem erschienen:

Allmen und die Libellen
Roman
Auch als Diogenes Hörbuch erschienen, gelesen von Gert Heidenreich

Allmen und der rosa Diamant
Roman
Auch als Diogenes Hörbuch erschienen, gelesen von Gert Heidenreich

Allmen und die Dahlien
Roman
Auch als Diogenes Hörbuch erschienen, gelesen von Gert Heidenreich

Allmen und die verschwundene María
Roman
Auch als Diogenes Hörbuch erschienen, gelesen von Gert Heidenreich

Business Class
Geschichten aus der Welt des Managements

Business Class
Neue Geschichten aus der Welt des Managements

Richtig leben mit Geri Weibel
Sämtliche Folgen. Geschichten

Huber spannt aus
und andere Geschichten aus der Business Class

Unter Freunden
und andere Geschichten aus der Business Class

Das Bonus-Geheimnis
und andere Geschichten aus der Business Class

Abschalten
Die Business Class macht Ferien

Alles im Griff
Eine Business Soap
Auch als Diogenes Hörbuch erschienen, gelesen von Stefan Kurt

Business Class
Geschichten aus der Welt des Managements. Liveaufnahme von Martin Suters Lesung im Casinotheater Winterthur im Okober 2006
Diogenes Hörbuch, 1 CD

Martin Suter im Diogenes Verlag

Allmen und die Libellen

Roman

Allmen, eleganter Lebemann und Feingeist, ist über die Jahre finanziell in die Bredouille geraten. Fünf zauberhafte Jugendstil-Schalen bringen ihn und sein Faktotum Carlos auf eine Geschäftsidee: eine Firma für die Wiederbeschaffung von schönen Dingen.

»Martin Suter hat mit *Allmen und die Libellen* mal wieder ein kleines Meisterwerk geschaffen – mit einem Ermittlerduo, das einfach in Serie gehen muss!«
Brigitte, Hamburg

»Suter unterhält zuverlässig – mehr mit feiner Beobachtung als mit turbulenter Action. Und er amüsiert mit Eigenarten von Superreichen und Möchtegernreichen. Allmen und Carlos – das könnte ein starkes Duo unter den Paartänzern der Krimiliteratur werden.«
Kölner Stadt-Anzeiger

»Jeder meiner Romane ist eine Hommage an eine literarische Gattung. Dieser ist eine an den Serienkrimi, Fortsetzung folgt.« *Martin Suter*

Auch als Diogenes Hörbuch erschienen,
gelesen von Gert Heidenreich

Allmen und der rosa Diamant

Roman

Ein äußerst wertvoller rosa Diamant ist verschwunden und ebenso ein mysteriöser Russe mit Wohnsitz in der Schweiz, der verdächtigt wird, ihn entwendet zu haben. Das Duo Allmen/Carlos soll ihn ausfindig machen. Die Spur führt von London über diverse schäbige Zürcher Außenquartiere zu einem Grandhotel im deutschen Ostseebad Heiligendamm und zurück zum Gärtnerhaus der Villa Schwarzacker. Wo es bald sehr ungemütlich wird…

»Suter schreibt so lässig und ironisch elegant, wie Allmen lebt. Johann Friedrich von Allmen ist kein gewöhnlicher Detektiv, aber ein echter Suter-Held.«
Martin Halter / Tages-Anzeiger, Zürich

»So souverän, so überzeugend war Suter noch nie. So kann's weitergehen.«
Elmar Krekeler / Berliner Morgenpost

»Martin Suter hat ein untrügliches Gespür für Komposition und Spannungsaufbau; er lässt seine Figuren zwei, drei Sätze sagen, und schon treten sie in schönster Anschaulichkeit hervor.«
Roman Bucheli / Neue Zürcher Zeitung

Auch als Diogenes Hörbuch erschienen,
gelesen von Gert Heidenreich

Allmen und die Dahlien

Roman

Ein Dahliengemälde von Henri Fantin-Latour, einige Millionen wert, wurde entwendet. Die steinreiche alte Dame, der es gehörte, Dalia Gutbauer, hat ein auffallend emotionales Verhältnis zu diesem Bild. Johann Friedrich von Allmen soll es wiederbeschaffen – um jeden Preis. Fall Nummer drei führt ihn und Carlos in das Labyrinth eines heruntergekommenen Luxushotels. Und damit in die Welt der Reichen und Schönen – umschwirrt von all denen, die auch dazugehören wollen.

»Kaum kreiert, ist Martin Suters Ermittlerduo schon Kult.« *Dagmar Kaindl / News, Wien*

Auch als Diogenes Hörbuch erschienen,
gelesen von Gert Heidenreich

Allmen und die verschwundene María

Roman

Die Geschichte um das wertvolle Dahlienbild von Fantin-Latour erreicht einen weiteren Höhepunkt: María Moreno gegen das Bild, fordern die Entführer. Carlos zittert um seine Liebe und bringt Johann Friedrich von Allmen dazu, Dinge zu tun, die dieser sich nie hätte träumen lassen. Doch auch zwei exzentrische alte Damen sorgen für Überraschungen. Und nicht zuletzt die Geisel selbst – eine starke Frau, die alles zu verlieren hat. Ein raffinierter Krimi voller Action und Spannung.

»Martin Suters Stil ist wie gewohnt lässig, elegant und ironisch, aber keinesfalls oberflächlich, bei allem Unterhaltungswert geht es um existenzielle Werte wie Treue, Liebe über den Tod hinaus, Gläubigkeit und Zuverlässigkeit.«
Gerhild Heyder / Die Tagespost, Würzburg

Auch als Diogenes Hörbuch erschienen,
gelesen von Gert Heidenreich